阳光文库

三个人的黎明

王兴国 ——— 著

黄河出版传媒集团
阳光出版社

图书在版编目（CIP）数据

三个人的黎明 / 王兴国著. —— 银川：阳光出版社，
2019.11
（阳光文库）
ISBN 978-7-5525-5124-2

Ⅰ.①三… Ⅱ.①王… Ⅲ.①中篇小说－小说集－中
国－当代②短篇小说－小说集－中国－当代 Ⅳ.
①I247.7

中国版本图书馆CIP数据核字(2019)第250773号

三个人的黎明

王兴国 著

责任编辑　贾　莉
封面设计　晨　皓
责任印制　岳建宁

黄河出版传媒集团
阳 光 出 版 社　出版发行

出 版 人　薛文斌
地　　址　宁夏银川市北京东路139号出版大厦（750001）
网　　址　http://www.ygchbs.com
网上书店　http://shop129132959.taobao.com
电子信箱　yangguangchubanshe@163.com
邮购电话　0951-5014139
经　　销　全国新华书店
印刷装订　宁夏凤鸣彩印广告有限公司
印刷委托书号　（宁）0015588

开　　本　720mm×980mm　1/16
印　　张　13
字　　数　160千字
版　　次　2019年11月第1版
印　　次　2019年11月第1次印刷
书　　号　ISBN 978-7-5525-5124-2
定　　价　36.00元

序：往事如烟如虹

一个人的成长，就如同一棵树，既需要良好的土壤，也需要良好的培植。尤其搞文学，与其他学科比，更需要各种因素的契合去造就新人。因为凡事都可能速成，唯文学不能。作家在自身努力的同时，还得看环境，看你迈出第一步时能遇上谁。我是个农民，被称为来自田埂上的作家。四十三岁前，我的主要经历都是种地和打工，还学习掌握了一些建筑方面的知识和技能，给人盖房子，也承揽些小工程，日子倒还过得去。后来年龄大了，体能也每况愈下，便收手不干了。这时候就发现，我这一辈子，理想中的事一样没做，随着年龄的增长，那种因失落而产生的惆怅与痛苦也在逐步加码。看着我日渐颓废的样子，我媳妇于心不忍，便开导说："你小时候不是还有个文学梦吗？这些年我见你一直在读书，那就写写东西吧，能写到什么程度不重要，重要的是你最终干了自己想干的事情。"这倒是提醒了我，让我突然回想起上小学四年级时受到的那次表扬。新来的语文老师原本是个知青，因当时农村师资匮乏才得以入校任教，他的第一堂课便是作文课，正好那天我逃学到苇湖里找鸭蛋去了。他将我写的作文《记一次有意义的劳动》当范文在班里朗读后并点评说那是全班写得最好的一篇作文。可惜当时我不在场，是隔天听同学们说的，若在场的话我估计会哭，因为那是我入学四年里唯一受到的一次表扬。后来这位叫程量的知青老师仍时常鼓励我，他的话让我铭刻在心，他说："你很有天赋，照这样写下去，将来能当大作家。"

莫言曾说，文学的记忆就在童年。这话是对的，虽然程量老师回城后再无消息，但他的引导与鞭策却令我念念不忘。由于生活窘迫，我没有完成学业，但梦想始终清晰，并追随了我大半生。我酷爱文学，却不知文学是什么；我喜欢写作，却不知该写些什么，只是在劳作的隙间，写一些流水账似的日记，将生活的点点滴滴记录下来，也算是聊以自慰了。

经媳妇提示，我在2007年才真正踏上了文学苦旅，很快便写出了几篇稿子，其中有一篇叫《河湾人家》的小说写得很长，自我感觉不错，想投给县里的内刊，但那时候我还没真正触摸过电脑，我的小说纸质稿是从街边打印部打印的。走进文联办公室，我有些战栗。不自信甚至自卑的心理让我险些失态，总担心自己初出茅庐就折戟沉沙。接待我的是后来成为文联副主席的吴慧霞老师，她始终笑容可掬，问我说："你是来投稿的吧？"我点了一下头，但口中的那个"嗯"字却卡死在喉咙里，并没发出声来。她一边为我倒水一边说："编辑老师刚有事出去了，你先坐下来喝点水，我给她打电话。"她在电话中告诉对方说："来了个新人，你赶紧回来吧。"编辑叫阮燕，也是位和蔼可亲的女性。她回来得很快，进门后便接过我手中的稿子静静地看了起来。看完后笑了笑说："嗯，可以的，写得不错，就是没刹住车，写得太长了，不过没关系，只要稿子好，多长我也用，你的电子稿呢？"我说没有电子稿。她说："你有U盘吗？"我不知U盘是什么，便尴尬地翻了翻眼睛。她拉开抽屉，取出自己的U盘说："这是我的，你赶紧去刚才打印的地方，估计稿子还没删，请他们拷贝拿过来，我这期就上。"今天细想起来，我第一篇稿子发表得太容易了，而且后几篇也顺风顺水，虽是内刊，却依然能提振信心，对我的兴趣培养功不可没。假如我第一次进文联遇到的是一个眉高眼低的女人，可能就转身跑掉了，今天的宁夏文学圈自然也不会出现我的名字。我那个叫《河湾人家》的小说写了四万字，也是《贺兰》创刊至今，唯一连载过的小说。在之后短短几年时间，我的作品便出现在区内很多刊物上。我还忙里偷闲，为《银川晚报》《宁夏日报》《华兴时报》等报纸的副刊写了不少诗歌和短文。

2013年初秋，鲁迅文学院在银川开办第六届少数民族作家培训班，我有幸成为学员，更幸运的是遇到了多年来一直期待相见的偶像李进祥老师。这是次难忘的经历，我不仅得到了一次学习机会，而且还结识了杨贵锋、查文瑾、保剑群、张韧芳等一大批志同道合的文友。那次培训班的经历，也自然成了我文学创作的分水岭。2015年，我的长篇小说《黄河从咱身边过》便获得了中国作协少数民族文学重点作品项目的扶持；2016年，又被银川市委宣传部选定为四部文学类重点作品之一，由阳光出版社编辑出版。从2007年到2019年，仅仅十二年时间，包括内刊我总共发表了四十多篇小说，也算是高产了。我感谢生活，它让我在失去的同时，也收获了很多。我深知，能保持如此良好的精神状态和创作势头，没有外在的助力是很难的，幸运之处就在于，我有两位导师，一位是进祥老师，另一位是金欧老师，他们都有着很深的文学造诣，又都是宁夏作协的副主席，进祥老师常给我提供些外出学习的机会，出版这本小说集也是他推荐的。与金欧老师的相识较晚一些，他是位个性独特的作家。近两年，我的所有作品在投稿之前他几乎都一一过目，并提供了宝贵的修改建议。

我来自农村，小说也大多是带露珠、饱含乡土气息的，那些小人物，那些话语粗鄙但内心温良的耕者都如同我的亲人，他们的形象和言谈举止就印刻在我的内心深处，所以写村庄、田园以及村庄和田园里的故事，我非但不感觉吃力，而且还感到得心应手，就像吐露自己的过往那样愉悦和轻松。不可否认，我的小说还存在一些问题，但我会在探索中逐步去解决这些问题。我相信自己，也相信未来，更相信真诚和努力必有回报，也就是说，期待中的成功肯定离我不远。为了梦想，为了我心中的那个文学的春天，我会在身体条件允许的情况下加足马力，砥砺前行，力争将更多更好的乡村生活场景展示给读者。感谢扶我上马并送我一程的人们，也感谢阳光出版社的朋友为这本小说集的出版付出的辛勤劳动。

王兴国

目录/CONTENTS

（带 ★ 篇目为朗读篇目）

风　筝

　　几乎每一个春天，单娜都迷恋路南边的小广场，还有广场上偶尔升起的那几只风筝。单娜喜欢风筝，是因为她和云霞也像风筝，而且是断了线的。因为风筝，这条街才成为她俩心目中的最佳栖居地。她们住在朝阳街，朝阳街却住在她们心里。

　　刚来的时候，街面上还很安静。尤其夏秋两季，人少车少的路面上似乎能听见落叶声。因此，在没有风筝的时节，单娜仍面对前阳台窗户等着看路上稍纵即逝的行人，烦了，便自言自语地抱怨："哼，都死绝了！"

　　现在，与到处飘来飘去的云霞比，单娜是真正的蜗居者。当然，她俩的差别还远不止这些。单娜慵懒、好静，除过对约会、吃饭和唱歌还热衷一点外，她几乎不进行别的活动。这样，就难免会种下祸根，继而为自己的惰性买单。上学时，她的网名叫"标准小胖妞"，仅仅几年，她那副初中生模板的身材就像充气似的，一刻不停地与时光共进着，膨胀到今天，已达七十五公斤。体重带给她的，不只是行动笨拙和形象贬损，还有自信心与自尊心所遭受的打击。

　　然而，云霞却是另一番光景，这些年，好像她的成长被某种魔法困住了。有时候，连单娜都会纠结，感觉与她为伴的，并不是二十出头的花季少女云霞，而是个游走于自己左右的魂魄。自从与单娜臭味相投成为姐妹后，云霞几乎就没再长过肉。时间在单娜身上留下的印迹是显而易见的，但就是没照顾到云霞，好像这六年中，她的饭都白吃了。

云霞身材袖珍，但精神还算强大。别人拿她当孩子，是因为她太像孩子了。刚辍学时，她生活的大部分内容，都围绕着"找"字进行，找父母、找工作、找对象。后来，她连父母的踪迹都再没见着，只是在许多餐厅先后找到过工作，当服务员。至于找对象，那是要打引号的。她总会与一些男孩子纠缠不清，欢笑、兴奋、吃醋、流泪，就是她整个感情生活的写照，但是没一次能让她刻骨铭心。说白了，那就是过家家，闹着玩。她能够认真对待的，还是找工作。

头几年，在餐厅的桌椅间穿行，云霞给顾客的感受是卡通、可爱、机灵。她从不承认自己是畸形儿，因为畸形儿一般都身形不成比例。她只是特别小，浑身上下，并没有给人带来另类的感受，反而，很招人喜爱，只是喜爱的人多了，心疼的人也跟着增多，就难免横生枝节。一些人抱着保护未成年人的心态，常常义愤填膺，对老板妄加指责。老板解释说她已经十七岁，虽未成年，但算不上童工，不违法。每当这时，顾客疑惑的眼神总会在云霞身上来回打转儿，转到最后，还是转不出起初的看法，顾客仍会生疑或根本不信，坚持说："老板，你行！你让我见识了什么叫铁石心肠，假如你家这么小的孩子不去上学，出来给人端盘子，你心里又会是怎样的感受？"

"行！您别说了，反正我拿钱雇人，雇谁不是雇，你这大帽子我承受不起，我让她走人行吗？"老板一抱拳作揖，云霞又丢了工作。

其实，老板雇用云霞，大多有收留的意味在里面。她这么娇小，也只有在餐饮或部分服务行业能勉强混口饭吃。再说了，餐厅又不是杂技团，用不着拿奇特的人物形象招徕顾客。反过来说，就算云霞乐意到杂技团谋生，人家也不会要，因为她的玲珑与可爱，在那里并不算看点。

这些年，云霞最受伤的时候，也就是被辞退的时候，而原因大多为顾客的好心办了坏事，顾客的善意举报，却给她造成了极大的困扰。幸亏，她这副小胸膛里还藏着颗大心脏。只是一到晚上，入睡前她都会在心底里诘问，父母到底怎么搞的，将自己生成这样还离婚各奔东西。到现在，最令她难忘的，依然是小学五年级那段时光，那时候，她其实跟单娜一般高，只是单娜微胖些。也不知怎的，她像是突然间吃错了药，身形被定住了，而身边的单娜，却像只吃了偏食的雏鸟长势惊人。上初中时，单娜已接近一米六，几乎赶上了三十多岁的语文老师。只是同为女性，单娜的面相却带着稚气，身形也充满活力，有时一前一后进教室，那种铿锵的步子，总会落地有声，像踩在老师心上，让她胆寒。在老师眼里，单娜和云霞都不是好学生，是两个穿着校服的问题少女。她们在校园里出双入对时，总给人一分担心。云霞牙尖嘴利，经常说脏话，易与同学发生争执，但她不怕任何人，包括男生在内，她全都敢惹，因为有单娜做靠山。可单娜虽强悍，却从不自己惹事，或许她根本就惹不起来，即便她想找个人惹着解闷儿，别人也未必会配合她，谁愿意拿软肉往石头上碰。

因为云霞那张嘴，单娜几乎打遍了整个校园，最后，竟然将拳头挥向了老师。女老师觉得从教十年没见过这样的学生。单娜却说："姐也从没见过像你这样的老师。"

不管处于哪个时代，跟老师动手的行为已经逆天，其性质也不言而喻。找谁来处理，停课叫家长的惩罚都算是轻的。由于在义务教育期限内，学校很无奈，若在高中时期，恐怕十个单娜早已被扫地出门了。

单娜一出教室门就开骂："叫家长，叫个辣子！等着，姐还不侍候了。"

单娜辍学了。辍学的那天早上，她仍旧像往常一样比云霞早起，仍旧像往常一样热前一天喝剩的豆浆。热好后，她一把扯掉云霞的被子，给她个冷不防。单娜常常这样。云霞惊得一下跳起来，定了好一会儿神，才嘟囔说："姐，你能不能别这样干呀？老跟个强盗似的。"单娜撇撇嘴说："强盗？你遇见过呀？谁这么大胆子，竟敢对幼女下手？"

"不跟你说了！"云霞扯过被子，呼地将头蒙了。

单娜说："好啦，姑奶奶，快起，豆浆油条都准备好啦，吃了上学去吧！"

云霞从被子里伸出头，眼睛红红的，让单娜吃了一惊。单娜说："不是吧你？我跟你开个玩笑，看把你委屈的，像真被抢了似的。"

"你才被抢了呢，人家心里难过嘛，每天都咱俩一起去学校的，现在倒好，剩我一个了。都是我不好，惹下麻烦还让你替我背锅。"

单娜拍拍云霞小油葵似的脸，宽慰说："小样儿，没什么的，那破学对姐来讲，上是俩五，不上一十，难道我还指望着中考能过关呀？嘁！"

云霞一翻身坐起，脸色微晴，露出了些许的喜悦，那一丝喜悦看上去很幼稚，很单纯，很像小孩子做决定前的神情流露。她眨了眨眼，问单娜："姐，你真这么想的呀？"单娜一点头，神态轻松地说："当然！"

这下云霞心头的霾全散了，她笑得很彻底很灿烂很真切，的确，就她俩目前在学校的处境以及学习状态而言，辍学未必不是件好事，至少，能让班上其他同学耳根清净，安心学习。果然，云霞说："行！咱俩情同姐妹，就应该同生死，共进退，何况这祸是我惹下的，因此，本姑娘现在正式宣布，今生不再进校门，不再看语文老师的怨妇脸和教务主任凶神恶煞的样子。从今儿起，宁愿做自由的小鸟在飞翔中碰壁，也不愿做痛苦的追梦者在课堂上遭罪。哈哈，窒息的日子啊！你终于结束喽！崭新的生活啊！你终于开始喽！"

云霞有些癫狂，她身上仅穿了内衣裤，其实跟光着差不多，但她全然不顾。她打开 MP3 播放器，一首叫《最炫民族风》的歌曲瞬间在屋内蔓延，紧跟着，她那轻巧的身影便在床上跳起舞来。

单娜没理由不加入云霞的举动，可以想象，她俩那一刻的心情是完全一样的，都有冲破牢笼，翻身得解放的喜悦。其实，为摆脱无味的校园生活，彻底扒下那身穿来穿去也穿不出新意的校服，她们一直在努力，一直在用糟糕或者更糟糕的表现换取这一天的早日来临。心里有准备，才不会有负担。首先，她没觉得自己这极其轻率的决定会让父母痛心，她认为，父母当初的离异才是对她最大的伤害，是他们毁了她的一切，包括今天的结局也是他们造成的。在单娜的记忆里，只一点能让她欣慰到死，玩味到死，那就是不差钱。就算他们过早地离了婚，曾一度将她托付给学校，让她失去了家庭，失去父母的呵护，最终连校园也失去了，但她深信，他们仍会一如既往地给她钱。或许，他们今生能够弥补她的，也就只有钱了。这多好，眼下，父母都有了各自的新家，也有了新的孩子，所不同的，就是她的生活中又平白无故地多了爹妈和弟妹。多就多吧，这有什么关系呢，反正，他们只管她钱又不管别的。现在，她不能也不该说钱的坏话，钱真是好东西，没有钱，她和云霞就无法上初中时就能在校外租房住。

好在，单娜已长成了大姑娘，而且有云霞这面活镜子照着，她会从中渐渐地发现一些东西。毕竟，她的苦难，远不及云霞的零头多。云霞的父母也是离异，但离婚后却双双人间蒸发了。云霞是爷爷奶奶抚养长大的，当然还有单娜。云霞个性强，上学那会儿她是没办法，生活上不得不向爷爷奶奶伸手，包括单娜的接济，她也坦然接受，但这种接受，会慢慢变得不那么坦然，以至会加重她的心理负担，让她的自尊心越发受挫。直到现在，她仍然期待着能早日见到父母，尽管他们丢下她，就像丢下一只猫那样随意，但她仍要找到他们。找到他们，不等于找到幸福和温暖，但至少能找到答案，或许，她就为问几个为什么才找他们。

日子在平淡中滑行，没有大起大落或大悲大喜，这样，倒是走得挺快。仿佛在不经意间，六年的时光就这样翻篇儿了。六年间，几乎每一天单娜都会比云霞起得早，因为云霞疯跑着在外边工作，她习惯了为云霞准备早餐。她呢，偶尔也会心血来潮，到外面找个事做做，或报个专科学校，拿她爹的钱去上几天，等新鲜感一过，又一走了之。

近两年，单娜的生活愈发简单，除了看电视玩手机，更多的也就是陪房东冯奶奶说说话，冯奶奶生病时服侍她吃吃药，或帮着整理下货物什么的。

单娜的烟瘾重，不论白天还是夜晚，只要醒着，她抽烟的冲动总能压倒一切。有时候没烟了，又懒得下楼，就打开前阳台窗户，将小花篮用一条蓝色的布带子拴着，像打水一样，慢慢地放下去。蓝布带有半厘米宽，是她特意选的，那种蓝，与她爱抽的"蓝白沙"烟盒上的颜色一样。

她阳台的窗户与一楼营业房的大门在一条直线上，当冯奶奶看到花篮落下时，就会仰着头往上喊："死丫头，除了烟，还要啥？"

不论要什么，冯奶奶都会先给她们，钱的事从来不提。冯奶奶知道，她俩有良心，从不赖账。况且，她早就将俩娃视作亲孙女了。

冯奶奶是退休工人，在纺织行业干了半辈子，满头的白发，看上去就像她几十年都未曾厘清的丝线。一楼的营业房，还有单娜和云霞租住的这套房子，是她和老伴儿用一生心血置下的。老伴儿在世时，他们嫌闷得慌，便在一楼开了间杂货铺，赚钱是一方面，主要是与顾客说说话，图个热闹。老伴儿过世后，冯奶奶便在杂货铺的后半间搭了张床，她不想再回楼上的房间去面对一分悲凉。单娜和云霞的到来，正好缓解了冯奶奶内心的孤独，在老人眼里，她俩从里到外都透着可爱，像一对叽叽咕咕的鸟儿，能让人想起森林、大海和广阔的天空。尤其云霞，她一直由祖辈抚养长大，与冯奶奶之间并不存在代沟或隔阂，她们很快就相互接纳并成为亲人。相比单娜，冯奶奶对云霞的牵挂会更多一些。老人家心软，更何况她从不接受云霞已长大成人的现实。有了好吃的，冯奶奶也不忘多给云霞留点，并一边看她吃一边抚摸着她的头发，心疼地说："这世上怎会有这么狠心的爹妈呀？娃娃还这么小就扔下不管了，造孽哟。"

见冯奶奶这样，单娜偶尔也会心存不平。单娜说："奶！您一共就俩孙女，还厚此薄彼呀？小心别把她撑死了！"

冯奶奶说："死丫头，还争呀！再吃都嫁不出去了。"

房租是象征性的，但冯奶奶有个要求，就是抽空能陪她说说话。

说她们幸运，幸运之处就是在这里拥有栖身之所的同时，也多了位和善慈祥的奶奶。六年来，她们与冯奶奶之间，已不单是房东与房客的关系，还有祖孙关系，依存关系，谁都离不开谁。说她们不幸，就是冯奶奶还有个漂泊在外的养子。这事儿老人家从来没提起过，直到她突发心脏病去世后，那个秃了顶的中年男人才悻然找上门来。他的出现，似乎就为了将世间最好的亲情割裂，将冯奶奶对她们的关怀彻底画上句号。

男人谦恭得令人害怕，鸡啄米似的秃头总是点个不停。他扫一眼房间，立即便绽开了笑容，那笑包含着几分深情，也包含着几分得意，好像这房子才是他苦寻多年的亲人。然后，他扫一眼云霞，又立刻将目光移开，落在单娜身上。

他说："二位姑娘，知道我是谁吗？"她们摇摇头，各自散开，云霞洗衣服，单娜去收拾碗筷。

"我也姓冯，叫冯明，说起来，这名字还是他们刚把我捡回来时给取的呢。现在，我妈也去世了，我呢，从小就不听话，在外面漂，说实在的，之前我确实不知道她还有这些房产，只以为店里那些货是她的。但不论怎样，我国法律有明确规定，养子女有继承权。"

云霞说："大叔，你说这么多，跟我们有关系吗？"

"有关系，有关系，绝对有关系。你们看，这房子你们住了好多年了，我猜呢，也没掏多少房租，不过没什么。从下月起，一切都重新开始。嘿嘿。"

单娜说："重新开始，你啥意思啊？"

"嘿嘿！"冯明继续谦恭，继续点头，好像他自己是房客，她俩才是房东。他说："毕竟，我不是你们的冯奶奶，我得维护自己的利益。"

看来，冯明葫芦里卖什么药还不想一下子倒给人看，但云霞性子急，她扔下正洗的衣服，甩了甩手上的泡沫，逼视着冯明，说："大叔啊，就算你是冯奶奶养子，就算这房子现在是你的，那又怎样嘛。您别忘了，我俩在这里住好多年了，你难不成要赶走我们呀？"

"嘿嘿，不愧是小孩子，说话没轻没重。赶走你们，我傻呀，哪有放着房子不挣钱的道理，只是先给你们打个招呼，不管老太太过去怎么跟你们说的，那都过去了，以后呢，房租该多少就多少，不得拖欠。当然，我不赶你们走，你们有权选择自己走。"

"走？谁走还不一定呢。你说你是冯奶奶养子，我们咋一次也没听老人家说过……"

单娜嘴笨，遇事从不知该说什么，因此，她喜欢动拳头。像冯明这样的挨揍坯子，在单娜眼里，只属于臭虫级别。但就眼下来说，拳头并不比语言的杀伤力大。见云霞火力全开，她也只好省省了。

以为自己已扭转局势占了上风，云霞便乘势拉开门说："你个老骗子，给我滚出去！"

冯明看看门，又看看她们，但笑意丝毫未减。冯明的淡定，对云霞是毁灭性的，她知道，自己的慷慨陈词没起到丝毫的震慑作用。果然，冯明说："行啊，'叭叭叭'小嘴冒泡呢？跟小口鱼似的，想唬谁呀？嘿嘿，你还别说，我和他们的关系，在朝阳街还真没几个人知道，因为这房子是后来才买的嘛，但派出所有户籍档案呢。如果有兴趣，你们就去查查看，但是要快一点。"

这回单娜与云霞被怔住了，她们面面相觑，都想在对方脸上找答案找对策，但最后都束手无策。尤其云霞，她不但被这种风云突变惊呆了，而且还被当成小孩子。她最受不了别人把她当孩子，为了把自己当大人，她经常在发型和穿着上下工夫，尽可能地从外形上来体现她的成熟。但这些，看来都做了无用功。平时，别人把她当小孩看，那都是眼神或言语上的轻描淡写，从未像冯明这般直接过。在这个瞬间，她内心的所有委屈，犹如江河溪流归了大海，一下子都聚拢了——幼时被父母抛弃，少时被迫辍学，被老板炒、被男友炒，如今，又要被房东炒，她二十载人生路，怎就这么多沟沟坎坎……

云霞心里的酸甜苦辣已交织在一起，各种情绪的汇集，促成了她的泪奔。她小嘴一撇，叫声冯奶奶！立马号啕，像决堤之洪，一发不可收拾。

冯明再怎么说也是男人，跟大多数男人一样，别的不怕，就怕眼泪，尤其女孩子的眼泪，对他来说，极具杀伤力。在无力招架的情况下，他只得从长计议。冯明说："好了好了，我也没怎么你们，住房子，交房租，天经地义嘛。真是。我等着，你们考虑，你们考虑。"

冯明走后，云霞仍旧在哭，眼泪哗哗的，没一点减退的迹象。单娜说："差不多行啦，人都走了，还哭给谁看呢？"云霞收住哭，但没收住跑远了的情绪，因此她仍在抽泣，仍在诉说，仍在埋怨。她说："我念着冯奶奶的好，才舍不得这里嘛，万一哪一天，她老人家回来看不到咱们，她会伤心的。你倒好，还没过几天呢，就变得没心没肺的了，人家下逐客令，你还跟没事人似的。"

单娜无语了。她不是不长心，冯明说明来意的那一刻她确实也微微惊了一下，但很快，她就平静了下来。她觉得这没什么，毕竟冯奶奶已经不在了，她们守在这里，实际上意义不大。她也舍不得走，她与云霞一样，住惯了这条老街，也适应了这里的贫穷与乏味、安静与不安。她知道，每月缴四十元房租的日子，怕是一去不复返了。这也没什么，不就是全额房租吗？给他就是了，到哪里不得掏钱？话虽这样说，可要真正做起来问题还是有的，单娜想，一旦我们妥协，人家再来个狮子大开口漫天要价怎么办？更何况，她这边还有个不会转弯的死牛筋呢。

单娜很欣赏云霞的眼泪，毕竟，她那惊天一哭吓退了冯明，让她俩暂时喘了口气。单娜想，大概冯明近期不会再骚扰她们，她也好细心地筹划一下未来，看自己能否有勇气率先放弃对这屋子的依恋，或在无家可归前找个依靠。即便是这样，云霞又咋办？她能够左右自己，却不能左右云霞。想来想去，单娜还是那个单娜，就像星星还是那个星星。她的未来，依然毫无头绪，最终，一切都回到了原点。

哐哐哐！

冯明又来了。这次，他身后跟着一位三十多岁穿着时尚的女子。进屋后冯明冲那女人说："您先随便看看。"

女人将厨房卧室观瞻了一遍，笑盈盈地说："不错不错，冯哥，这房子我租了。"

单娜和云霞你看我、我看你，这种对视，其实是内心无助的表现。当调转目光一同射向冯明时，冯明说："别瞪我，机会我给过你们了，你们没要，现在没办法了，你们瞧，有人就看上这房子，搁谁都一样，馍馍拣着大的吃。不好意思，看在你们这些年陪老人的分上，我放宽些，给你们一周时间找房子。"

一周后，一连好多个晚上，敲门声都会准时响起。就目前而言，或许她俩最厌恶的物体，就是冯明泛着光的秃脑袋，可它却偏偏阴魂不散，总能准时顶进屋来。在一次次被云霞的泪弹击退后，慢慢地，冯明的耐性便开始占了上风。估计他也是在心里合计过，并针对女孩的弱点谋划好了对策。他还是那么谦恭，还是那一张笑脸，但那种软绵绵的震慑力丝毫都没有减退。他好像完全掌握了她俩的心理，知道她们在想什么。或许他已经知道，用不了多久，云霞的眼泪就会用尽，战斗力就会消退，到那个时候，两个姑娘自然会缴械投降，服从他的意志，乖乖就范。

云霞又辗转了一夜，单娜觉得云霞每一次叹息，每一丝轻泣，都会让自己的心绞着痛。她知道目前云霞的思维已进入死胡同，除非冯奶奶的影像能被淡化，但这需要时间。早上起来，她发现云霞的眼睛肿了，心里便撕扯着难受。梳洗完，云霞背上包要去上班，正准备出门时，单娜说："听说万达影院有新片上影，今晚下了班去看两场，尽量晚一点回来，我有事要办。"云霞折回身，盯着单娜的脸看了看，然后说："咱俩可是说好的，谁都不许把男朋友带回到这里，有事在外面办，这是原则问题。"单娜说："放心吧，不是你想的那样。"

云霞不喜欢看电影，但她跟一帮朋友去 K 歌了。她想，就算单娜真的将男朋友带回来，她也不会计较，她只是嘴上那么一说。她知道单娜想找个归宿，想尽快将自己批出去，只苦于无人接收。她自己何尝不是如此。

在 KTV 造够了，云霞才三摇两晃地回来，敲门时，却无人应答，她只好拿钥匙打开门。进屋后，她听见卫生间里不断传出的水声，才知道单娜正在洗澡。

她独自坐下来，开始看电视，其实，这个时段除了午夜剧场也没别的节目了，她只是消遣着等单娜出来。今晚，她喝了几杯啤酒，然后对着麦克风，将心里的苦闷从喉咙里拼命往外吼。唱烦了，她就跳，跳累了又唱。她确定，明天的好心情，一定来自于今晚的发泄。

单娜湿漉漉地走出来，看到云霞，立马低下头，将脸转向另一边，显现出一丝慌乱。她顺手从挂杆上扯下毛巾，十分用力地擦拭头发，直擦得云霞心里发毛。云霞说："别擦了！还是先穿上吧，还没完没了了。怎样，那大叔没上来吧？"

"什么？"单娜又是一惊，猛然抬头，盯了云霞好一会儿。

云霞一笑，说："干吗那么紧张啊？他来就来呗，反正我也想通了，这里，终归不属于我们。这个周末，咱俩再出去找房子，不行，咱就去西街，反正本姑娘现在也挣钱着呢，怕什么？他请咱留下，咱还不干了呢，谁愿意看他恶心的秃脑袋。"

单娜抬头看着云霞，深深地叹了口气，说："不用了，你就安心住着吧，他不会再找麻烦了。"云霞有些不解，说："为什么？"单娜加重语气说："别问了行不行？"

一个月快过去了，冯明都没再上来敲门，连营业房的卷帘门都一直锁着，他似乎被阳光给蒸发掉了。冯明的现身与消失，对朝阳街而言，就像湖面上掉进一粒微尘，人们只知道，小商店停业是因为冯奶奶的去世。很快，生活又恢复了昔日的安宁，但没人知道这安宁其实是很奢侈的，它甚至珍贵到要一个少女拿未来去兑换。因为它珍贵，单娜才不敢浪费，她要一分一秒地独自品尝。单纯的云霞却依然单纯，依然忙碌，坚守着自食其力的初衷。

除去多了分安静，一切都还是老样子。或许，单娜在等一个机会来重塑自己，或了断自己。单娜心灵的口袋扎得很紧，现在，她不想将任何东西倒出来亮给云霞看。安静，说明她对生活的态度已逐渐变得坦然。现在，她仍然深居简出，略带一丝迷茫的眼神仍会从前阳台飘出去，停滞在路南边的小广场上，她想看一只风筝的飞翔，但一直都没有看到。有时候，她也像过去那样，用蓝布带将小花篮放下去，但放到一半时才想起冯奶奶已经不在了，也就是说，她的小花篮再也钓不上来任何东西了。

时光正悄无声息地流淌，单娜和云霞都用这三十天，给各自的心灵寻找着陆点，以适应没有冯奶奶的日子。就在月末的最后一天，云霞上班离开后不久，门又被敲响了。哐哐哐！对此刻的单娜来说，这三声敲门，就像从门缝里插进来三把带风的刀子。这些天，每当有人敲门，单娜都会有这样的感觉，心悸，皮肤发紧，连舌根子也一度发直。她不是怕冯秃子，因为她心里清楚，冯秃子永远都不会再来。于是她苦涩地一笑，由猫眼向外观望，发现却是位三十岁出头的帅气男子，腋下挟个公文包。只要不是警察，单娜的神经还不至于绷断，她立刻开了门。

男子进屋后，便直奔沙发上就座，比冯秃子还显得理直气壮。他说："你是单娜还是云霞？"

"我是单娜。"她说。

"那云霞呢？"

"她去上班了，请问，你有事吗？"

"有！不过这事得你们两个都在场才能宣布。"

男子用了"宣布"二字，单娜估量出这事儿绝对小不了，而且，多半是坏事，于是谨慎了许多。她迅速打定了主意，不论怎样，只要是坏事，都由她一人承担，这是必须的，她绝不许祸及云霞。

男子觉察出单娜有顾虑，便补充说："别紧张，我是冯奶奶生前委托的律师。本来，她一去世我就该过来，可正巧我在北京培训，昨天才回来，知道得晚了些。"

律师起身点下头，颇具道歉的意味。然后说："云霞呢，能叫她回来一下吗？"

单娜不语，死盯着律师，看上去仍有些忐忑。律师一笑说："在一人缺席的情况下，我只能透露一点，是好事，去打电话吧。"

云霞在约莫半个钟头后才匆匆赶回来。一听说家里有事，她就会为单娜担心。她猜一定又是冯秃子在找麻烦。进屋后，她发现单娜的脸色很平静，才慢慢放下心来。律师说："请出示你们的身份证。"两人对视了一下，将身份证递过去。律师看了看，说："嗯，没错。我这里有份遗嘱，是冯奶奶生前立下的，也就是说，她已将这套住房和一楼的营业房，以及营业房里的全部货物，一起赠予你们。今天我只是确定一下你们的身份，具体事宜，我会依照嘱托依次给你们办好的。"

云霞和单娜愣在那里，许久，都没说一句话。最终，云霞发现，单娜的脸颊上有两行晶莹的液体在扑簌簌往下流。单娜一把将云霞揽进怀里，哇的一声，便开始了抽泣。与单娜相处的日子，云霞习惯了她的坚强，这样的哭，还是头回见。

三个人的黎明

一

踏上山顶的一刻，丁光成才发现，被西北风撕扯过的狼阴山，就剩下一片荒凉了。他将目光从黄蒙蒙的山野里收回，又看向歪脖子强二和马尔萨的脸，想从他们的表情中，找到这个冬日的失落与忧伤。但他自己的忧伤，很快又加剧了。他发现，此刻强二的神态似乎比之前更得意，他搞不清这家伙到底在得意什么，总之，就让他受不了。

多少年了，丁光成的内心世界都一如既往的强势，像张拉成满月的弓，在村里，他无法容忍别人的情感或行为与自己背道而驰。当然，此刻他内心负重的并不仅仅是这些，还有河西边一家人的期待。想到这里，他深深地叹了口气，然后蹲下，将双手焐在冻得发紫的脸上，忍住没哭。强二瞥一眼，没心没肺地笑笑，调侃说，怎么，是想你小妈呢，还是想你刚丢掉的官位子？

丁光成一下就急了，没好气地说，放屁！你看这山，除了凄凉和惨淡，还有个啥？

强二轻蔑地哼了一声，冷冷地说，你以为山上的麻黄跟荒草似的一抓一把呀！那样的话还能值钱吗？再说了，凡事注重的是过程，而不是结果，学着点吧！副村长大人！

　　他们所关心的麻黄是一种中药材，系多年生草科植物。一般情况下，它适应沙漠干旱地带生长，其品质也在数九天最好。由于近些年过分采收，纯天然的麻黄已近乎绝迹，唯独这凶险的狼阴山上有零星的存活。但是，若非穷急了，没人愿涉险进入这高山陡坡，气候异常的狼阴山，不具备险地生存经验者更应该退避三舍。

　　丁光成有点迷茫，带泪的眼睛翻了翻，没再说话，他心里比谁都清楚，歪脖子强二突然硬气，自然与这山有关。没进山前，强二就像根刺，总扎在他的眼皮子上，但这家伙勤快，会搞钱，所以村长很喜欢他。丁光成认为，强二保持这样的高度，就为了觊觎他副村长的位置，给他压力，逼他一朝出错好取而代之。可是等他灵光一闪突然想通了，要在选举时把这位子抛给强二时，强二却推辞说，我没文化，放倒的扁担不知是一字，这官啊，就是全村的男人轮着当，它也轮不上我。丁光成说，事情哪那么绝对，轮上轮不上还得看谁推荐了，说你行你就行，听我的。

　　任凭丁光成磨破嘴皮子，强二始终脖子一歪，跟个茄把子似的，就是不接招。当然，丁光成也并非大人大量、高风亮节。他深知穷家难当，在这个全县数得上的穷村子，就算想搞搞腐败，那也是老鼠尾巴上砸一棒槌，没多少血水。你老歪不是一直在跃跃欲试吗？行！我就让你来尝尝被捆住手脚受穷的滋味，尝尝寒冬腊月没钱生火的滋味。我就不信，三年副村长当下来，你婆姨还那么白白胖胖，你儿子还那么虎头虎脑，你，还那么腿杆子有劲。

　　虽说强二没去步丁光成的后尘，但向他提出了合伙到狼阴山采麻黄挣钱的主意。这主意简直一下就出到了丁光成的心坎上，他还有啥说的，这就叫人穷志短，马瘦毛长，丁光成激动得双唇直打战，甚至连拥抱强二的心都有了。

丁光成激动是发自内心的，首先，他俩的组合，本就属世间的绝配。谁又能够想到，两个半辈子水火不容的家伙会结为生死搭档，一起在这个冰雪封门的冬天消失。况且，作为搭档，歪脖子强二是最合格的，他是这些年进山次数最多的人，也一度被视作狼阴山的幽灵，为了生计，他已把山里的沟沟壑壑都踏遍了，眼下，他不但像只游走的狐狸，在荒原中有敏锐的方向感，而且还是人们公认的拴在石头上也饿不死的能人，有了这张活地图，他们的淘金之路就顺畅多了。

二

黄昏前，马尔萨突然闹肚子。他闹肚子，是那碗夹生玉米渣子惹下的祸。那是他妈的杰作，他妈苦日子过惯了，认为吃玉米渣子拌咸盐是男人的本色。尽管那东西黄灿灿，硬巴巴，难看难吃，但它耐实、顶饱，就像炕头上的黄脸婆姨，体贴、温存、管用。但错就错在他妈不该犯糊涂，将那碗拌好了咸盐的玉米渣子拿荤油炒了。等马尔萨在封冻的河床上走了一半时，便感到喉咙冒烟，口渴得不行。眼前，那些奇形怪状的冰凌，在瞬间看上去，都那么晶莹剔透，格外透着漂亮，他没忍住，就慌忙吃了一些。没想到，冰凌与荤油在肚子里狭路相逢后很快就殃及了肠胃，一上岸，肚子便开始隐隐作痛，但他一直强忍着没敢出声，他怕两个大人借此让他打道回府。现在，他终于踏入了狼阴山，扛过了第一步，心里的劲一松，这肚子就死命地拧着疼。他怪叫一声，便像只被抄了老窝的兔子，从刚搭好的地窨子猫腰冲了出去。

一口气窜出好几百米，马尔萨在一片空地上蹲下，又一口气将腹中作怪的污物泻了出来。肚子是舒服了，但脑袋却迷糊了，他感到眼前的山丘，不论高低还是颜色都一个样。他揉了揉惊恐的眼睛，再用力甩甩头，仍无法厘清自己刚才是来自于哪个方向。但夕阳与晚霞他认识，也知道那血红血红的天际此刻为西。他注视着西边，那可是眼下唯一能识别的方向。看着看着，刚才那片红云已悄然暗淡下来，像火焰即将燃尽时冒出的烟雾。这对他来讲仍是最后的希望，如果连那一丝烟雾也飘散殆尽的话，天便黑了，他知道夜幕降临将意味着什么。他想，刚才出来时身体的左侧冲着晚霞，那现在转过去不就是相反的方向吗？于是，他调整后一阵疾走，同时也歪着脑袋，死盯着西边的天际，好像不盯紧了，夜便会立刻砸下来。忽然，他脚下一绊，就像被人捏了一把脚脖子，并让他在毫无先兆的情况下结结实实地摔了个嘴啃泥。

这次，马尔萨摔得不轻，连布条子裤带也摔断了。由于疼痛和气愤，他再也顾不得晚霞了。一骨碌翻起来，边接裤带边找寻着哪怕是与这次摔倒有一丝牵连的东西，就算是半截沙蒿柴、冬青根什么的，他觉得也应该上去踩几脚。

最终，马尔萨搜寻的目光，定格在一块厚厚的棱角分明的木头上。他探步近前，用脚跺了跺，那东西好似在咣当咣当地摇晃。他将袖子往上一撸，抠紧木器的拐角处，拼足了全身力气往起一抬，吱的一声响过，眼前立马现出一个长方形的坑，定睛看时，便倒吸了一口凉气。脚下，是一副四壁斑驳的老旧棺材。

尽管这一切来得突然，却吓不倒马尔萨，他十岁时就敢在老渠弯子的坟地上放羊并呼呼入睡。不就是死人骨头吗？人死后不都会变成这样吗？他斜视一眼那棺材，又猛然一激灵，心想，棺材，不是汉民用的吗？那里面应该还有陪葬品吧？他一阵傻笑之后，才一翻身跳下去，那些干骨头立马被踩得啪啪作响。但棺材里已一片漆黑，什么也看不见，他伸手摸了摸，最终一无所获。

他有些不甘心，就顺手将那颗骷髅头扔出棺外，然后翻出来，将棺盖照原样盖好，又将骷髅头端放在上面，想拿它做个记号，以便明天寻找，同时也起个警示作用，他坚信，在这片令人窒息的旷野里，除了他，绝不会再有人敢触摸这些东西。等一切布置妥当，他调转身再去看刚才布满红云的地方却什么也找不到了。

<h2 style="text-align:center">三</h2>

天地间微弱的光线与逼人的黑幕在激烈地抗争，白昼与夜晚的交替也在这抗争中逐步完成，时间，为马尔萨布了张生死攸关的网，让他到网里去感受迷惘、无助和垂死挣扎。刚刚还披着彩霞的群山，仿佛被人一扬手泼了层浓墨，黑色的山峦，起起伏伏，像浪涛一样将他淹没其中。寒风，凛冽地呼啸，呜呜呜，由弱到强，一时间，风卷起的沙尘与石子也在他周围肆意翻飞。黑暗中，他感觉到狼阴山的群狼正集体复活，并龇咧着钢牙，一鼓作气地向他扑来。

气温在急速下降，正一口一口地吞噬着马尔萨的体温。为了不被冻成肉桩子，他采用傻姐夫推磨的招数，就地转圈，每转一圈，便停下喊三声救命。他想，丁光成和强二再怎么死心眼，总归还得出来撒尿吧，尽管自己迷失方向找不到地窖子，但离地窖子最多也过不了三百步。只要他们出门，就一定能听到呼救声。如果他们因长途跋涉，累了，睡着了，或周围山里确实没别人，那我马尔萨的小命也就交代在这儿了。不行！尽管生死有命，但我必须活着，不然，我苦命的老妈咋办，往后谁来赡养。想到老妈，马尔萨的呼救声立马就变成了号啕声和谩骂声。骂丁光成将他带入绝地害了他性命，骂歪脖子强二冷漠无情见死不救。哭着骂着，他声音的分贝伴随着体力的不支逐渐地弱了下去，变成了喋喋不休的絮叨，但仍在继续，临近绝望的时刻，他只记得一条，放弃，就是对老妈不负责任。

　　大自然是充满神奇的，厚重的土壤也能自行调节温度。听说蒙古人做的酸奶放在地窖深处，大夏天都不会变质。这阵子，别看外面狂风大作寒气袭人，地窖子里却很暖和，尤其丁光成和歪脖子强二都累散了架，身子一钻进狗皮褥子羊皮被，眼皮子就开始打架。但是丁光成不能像强二那样安然入睡，因为冲出去的马尔萨还没有回来。他点了一支烟，似睡非睡，带抽不抽。一支烟燃尽后，他心里有些焦躁，便用膝盖顶了一下强二。强二翻了下身，嘟囔说，睡觉不睡觉，乱顶啥呀？我又不是尔萨他妈。丁光成说，别由嘴胡扯，那娃还没回来呢！

　　强二不耐烦地说，行了！那么大个人，他还能丢了呀？娃没出过门，肯定见什么都新鲜，在外面玩着呢！睡吧睡吧！等玩够了，他自然会进来。呆子，没见过世面！

　　强二的骂骂咧咧，与他发出的鼾声再次衔接。然而，丁光成却对山里的气候变化一无所知，加之他确实也困了，就跟着小睡了一会儿。等他从梦中惊醒时，便猛地坐起来，揉揉惺忪的眼睛，心里才腾的一下。他发现，地窖子里依旧是他们两个。

　　这次他没用膝盖去顶，而是一蹦子跃起，狠狠地在歪脖子强二后腰上踹了几脚。强二气急败坏地翻起身，怒不可遏地喊叫，干啥！干啥呀？想谋财害命啊咋的？

　　你个二货，尔萨呢！尔萨在哪里？

　　强二瞪了瞪马尔萨的铺盖卷，也立马心里一沉。于是他一个鲤鱼打挺翻起身，对丁光成说，出去找！

一出地窨子，丁光成才知道什么是生死绝地。在剧烈的狂风中，他单薄的身子连晃了几晃才勉强站稳。强二斥道，就你这尿包样，还在村子里吆五喝六的，你凭啥啊！丁光成没敢吱声，他不是不想，而是狼阴山索命的环境折了他的锐气。他说话的语气变得很轻，似乎怕不小心惊了强二爷的尊驾。他说二哥，咱现在怎么办？强二说，行！既然知道叫二哥就听我的，你不是有火柴吗？记住，千万别乱跑，把咱白天积攒的柴火抱过来就地放火，而且在我们回来前火不许灭。丁光成像个听话的孩子，毕恭毕敬地允诺，放心吧！

四

风仍在肆虐，歪脖子强二举火把绕地窨子转了一圈，仍没找到马尔萨去时留下的任何印迹。但强二很聪明，他想，地窨子门是向北开的，从人的行为习惯判断，绝不会出了北门再往南走。于是，他毫不犹豫地向北追去。他相信，如果马尔萨也长脑子，那他一定离这儿不远，并且还活着。如果他乱了方寸，一味地奔跑，那谁也救不了他。至于今晚上出现的状况，强二并没感到意外或震惊。这是他还不曾出发前就处心积虑写好的剧本，只是演员变了。本来，在他的剧本里，此次进山的只有他和丁光成两个，那么，这秃驴迟早都躲不过这样的惩罚，而且还不止一次。他的秃头不是装满了智慧吗？怎么没想想我为什么要与他合伙？尤其这腊月天，荒芜的狼阴山就是世间罕见的绝地，能找到麻黄吗？说到底，就因为这些年他依仗权势已将我欺压够了，我就要他到山里来还债，加倍地还。狼阴山是强爷的一亩三分地，在这里，你秃驴迷失方向，你走丢，都得有强爷来救，你的小命自然就攥在强爷的手里。放心，强爷不让你死，只让你脱一层皮回去。

尔萨子——你在哪里——听见了回话——

马尔萨确实听见了，从旷野中闪出火光的那刻起，他知道自己有救了。火光一跳一跳的，像台心脏起搏器，让他近乎无望、逐渐走向冰凉的心再次热了起来。他艰难地挪着步子，迎着火光前行。但经过长时间不停地折腾，他只有一息尚存。呼喊声越来越近了，他却无力回应，但他听出那不是丁光成，而是强二。继而，他的心又被撕扯了一下。他做梦也不曾想到，他平生最不看好的人，竟是在危难中拯救他的人。马尔萨苦笑了一下，感到了极度的惭愧，他扪心自问，若这次能活着回去，你马尔萨以后还会看低别人吗？

马尔萨咬紧牙关在风中挺立着，他不敢倒下，一旦倒下，在这无月的暗夜，即便强二从身旁走过，估计也看不见。当强二那急匆匆的身影进入他的视线，并张开臂膀向他扑来时，他是万分感激的。由于这份感动，又使他十万分真诚地喊了声二爸。他平时也会将二爸这称呼用于强二身上，但却没此刻叫得心口合一。

马尔萨是被强二用肩膀扛回来的。因为他在投入强二的怀抱时已经不省人事。丁光成迎了上去，尔萨、尔萨，不停地呼唤着。强二说，别喊了，他听不见！丁光成哇的一声就哭了，尔萨哎，尔萨，呜——

别号丧了！一个大男人像什么样子，活人都让你给哭死了。

丁光成的号啕戛然而止，怯怯地说，他，没死啊？

你才死了呢！

强二摆出了老大的姿态，全然没把丁光成放在眼里。虎落平阳的丁光成像头被驯服的骆驼，他不得不低下高昂的头颅。

丁光成赔笑说，那放火堆旁烤烤吧？

烤个锤子！你想让他死啊？快拿块冰来，不然他的腿脚可就废了。

马尔萨一直昏迷着，他仰躺在狗皮褥子上，上半身压了好几层羊皮被。下半身被扒光了，小腿和脚露在外面。强二歪着脖子，一只手握着冰块，在马尔萨的小腿和脚上不停地摩擦，另一只手在刚摩过的地方搓揉着。丁光成的嘴煽动了好几次都是欲言又止，最终，他可能觉得忍无可忍无须再忍，便质问说，你这是干啥？还嫌他冻得不够惨吗？

强二的脖子不方便，因此常给人爱答不理的傲慢神情。他现在很忙，没时间给人讲医学常识。但是丁光成急了，说，歪脖子，不要给你个梯子就想上天，有什么不痛快冲我来，这娃可没招你。

啪！强二将冰块扔在了地上，转过身说，行！你来，你爱怎样就怎样，我不管，可有一条你听好了，以后这娃的腿脚保不住跟我没关系。

丁光成一下就作了难，但他那张嘴还想为自己找台阶，便说，可你也不能拿冰擦呀！这不是雪上加霜吗？

你懂什么！这叫以冻治冻，学着点吧！别成天就知道整人吃偏食。

丁光成见风使舵，边作揖边说，好好好！你懂、你懂，我把嘴闭上行了吧，你赶紧弄。

强二说，你让我弄我就弄，你是谁，还是丁副村长吗？

丁光成说，你到底想怎样？

强二说，不想怎样，这娃我救定了，但是怎么个救法，还得咱两人商量。

丁光成无奈，眼下这光景，除了要他的老婆他不能给，其他的都不在话下。他说，有什么要求你提吧，别太过分。

强二说，不过分，只要你老老实实地承认，跟尔萨的寡妈有一腿我就动手医治，如果你想这娃的腿脚残废尽可以不说。

丁光成一听，顿时泪如泉涌。他与歪脖子强二绝对是两种不同的男人。强二外表谦恭，但有着强大的内心。而他，却外强中干，异常脆弱。他的泪水是酸楚的，他觉得自己受了苦却得不到众人理解太冤了。他说，是尔萨他爹临终前托我们照顾他的婆姨娃娃，我和村长都答应了，不信你回去可以问村长。尔萨爹是个老实人，能吃苦又喜欢帮人，他活着的时候，让多少特困户、低保户的地里有了收成，他的病，恐怕除过你，谁都知道是苦出来的，他去了，我们照顾他的家人是应该的。

强二边为马尔萨按摩边听着，但他在不住地摇头。丁光成擦把脸上的泪，用诚挚的目光盯着强二的脸，说，你不信？强二停住手，将马尔萨的腿脚掖进被子里，盖好，又在衣襟上擦擦手，说，尔萨爹是好人我承认，但你的所作所为我就是不信，因为听着就跟编故事一样。再说了，他爹是好人你就照顾他们，那我也是好人你为啥不照顾照顾我呢？还给我小鞋穿。

丁光成说，你是不是好人，咱先不争论，可你毕竟还活着嘛。

听了这话，强二的脖子差点气直了，他指着丁光成大骂，秃驴！你知道你为啥头上不长毛吗？告诉你吧，那是上苍给你打的耳签，是记号，因为你天生就是个坏尿。哈哈，真新鲜，真够意思，人断气了你才知道心疼，活着时在盼他断气，这什么逻辑呀？你等我也断了气，再照顾我儿子并捎带着照顾我婆姨呀？说！

丁光成点了根烟，狠抽了两口，说，你多少没觉得我们一直在照顾你吗？

强二似乎没听清，反问，你说什么？

丁光成叹口气，说，看来啊！我们是该说道说道了，你听着，要说我们没照顾你，二哥，你可是真没良心啊！想想看，这些年你干了多少损人利己的事儿，你以为我不知道吗？远了不说，就说今年八月十五吧！你一家人到东湖滩汉民的承包地里将了一整夜的稻穗子，你以为你很聪明，认为汉民过八月十五没人看滩，可我们不过啊！你还能用蒙汗药把全村人都蒙翻在炕上呀？

歪脖子强二舔了舔嘴唇，往过挪了挪身子，又心虚地看一眼仍在昏睡中的马尔萨，压低声音问，你们，都知道啦？

丁光成说，别人不知道，至少我知道。你带着一家人趁着月色往东滩上走，被看羊的尔萨看见了，他因为好奇，就跟着你们，他目睹了一切。第二天，他先告诉了我，我还叮嘱他，这事儿很大，可千万不能说出去。娃听了，至今仍烂在肚子里。

强二有些情不自禁，伸手摸了摸马尔萨的额头和前胸说，没事了，看脸色也红润多了。

丁光成说，今天多亏有你，你救了尔萨，也等于救了我，其实我知道，你捋稻穗决不止一次，也不仅仅是光捋稻穗，偷偷摸摸的事儿你一样都没少做，这点，你瞒过世人却瞒不了苍天。

一盏油灯下，歪脖子强二的脸不断地变幻着颜色，他眼含着热泪说，兄弟呀！这些事我都干了，今天我全认，就为这，我时常觉得愧对他们，夜里老做噩梦。说到这儿，强二顿了顿，将话题一转，说，你不忘尔萨爹的临终托付我很敬佩，说明你是个一诺千金的人，但是我还是认为你和尔萨妈之间有问题，今天咱就像小时候撒尿和泥，都将自己的东西晾出来，怎样？

丁光成一脸的委屈，说，算了，既然你认定了，我再长一百张嘴也说不清，清白也好，肮脏也罢，就这样吧。

强二翻起身，在丁光成的肩头拍了拍说，就算别的不提，但这些年你处处打压我，可都是真的，这不冤枉你吧？

丁光成说，在这一点上，我承认存有私心，总觉得你千万百计地贿赂村长、拉拢村民，是野心勃勃顺竿爬，想夺权。

哈哈！夺权，我可没那么傻，挺着个脑袋往笼套里钻，害家人像你一样受穷。告诉你吧，我那是做了亏心事，不踏实，自己在劳改自己。算了兄弟，出去撒泡尿，睡吧！等一觉醒来你就会明白，这趟山，没白跑！

五

啊呀！下雪啦！下雪啦！

强二出去不大一会，就连喊带叫地跑进来。丁光成训斥说，看看，还是狗嘴里吐不出象牙，都一把年纪了，有点正形行不？说完，他自己还是心虚地翻起身，像被一根刺扎了屁股，猛地冲出了地窖子。

强二摸摸马尔萨的额头，觉着有点烫，便连喊了几声，尔萨、尔萨、醒一醒！马尔萨仍没醒，不过，他哼了一声，嘴唇动了动，又睡去了。强二脸上露出了笑，他知道，马尔萨眼下的状况，至少有一半是累的，他念叨说，哎，总算能睡个放心觉喽！

丁光成提着裤子，蔫头蔫脑地钻进来，一阵长吁短叹。

强二说，睡吧！兄弟，没什么的，下就下吧！

丁光成说，你倒能放得下，千辛万苦地过来，还差点搭上尔萨一条命，就这么回去，怎甘心啊！由此可见，是我和尔萨命里没财，还连累了你。

你说得啥话啊？出了门，都是自家兄弟，啥命不命的？还连累，生了享福的命谁也不到这狼阴山来。放心，只要有命在，想进山机会多的是。再说了，咱把心里几十年的疙瘩解了，我看这比什么都强，值了。

强二的确有一颗强大的心脏，从他倒头便鼾声震耳就能看出来，刚才他可不只是嘴上硬。但是丁光成却死活睡不着，门外正下着大雪，飘飘洒洒的，仿佛每一片冰冷的雪花都落在了他滚烫的胸脯上。他们是来找麻黄的，那东西小，照这样的势头，等到天亮，狼阴山的每一块土地都会被白雪覆盖，一切希望必将被彻底埋葬。那样的话，就只剩两条路，要么丢人现眼打道回府，就此宣告失败，要么猫在这里，等冰消雪融其实还是失败。况且，年关将近，他的脑海中，顷刻又浮现了临行前一家人期待的眼神。丁光成死活想不通，为什么老歪每次过来都是好天气，并且都或多或少地有所斩获，而我就不行？他翻来覆去，越想越想不通，越想不通就越想，以至睡意全无，只好半坐在地窖子的拐角处一根接一根抽烟。

马尔萨一直是半睡半醒半迷糊。仿佛生与死，梦与现实都处于一念之间。他想在强二的鼾声中醒来，但最终没有成功。因为他舍不下他的梦，以及梦中的那副老旧棺材。他梦见了明媚的阳光，还有比阳光更耀眼的金元宝，就在那副棺材里。他跳下了去，果然找到了三个，他想，这也够了，咱不就三个人吗？别太贪。于是，他抓起元宝往回跑，但元宝的主人追上来了，就是那颗骷髅头，一直在紧追不放。他一头钻进地窖子并死死堵上了门，但听见了骷髅头的哭声，很悲切，颤颤的尾音拉得很长，还给我——还给我——

马尔萨终于在惊恐中醒了，他知道那是一场梦，可是昨天傍晚的那副棺材却是真的。他开始考虑，要不要将这事告诉两个长辈，万一棺材里真有陪葬品，我也不能独吞啊！昨晚我刚刚死里逃生，难道还不该醒悟吗？咱虽然穷，但良心还没有丢，不义之财能取吗？取了，后世又怎么偿还？

马尔萨心里有点乱，他决定先出去撒个尿，等天亮再说。等他刚立起半个身子，脑袋便嗡的一下，他发现，地窖子东北角处，明显有个东西在一闪一闪地发着幽幽的光。他刷地将被子蒙在了头上，很快，又认定是个幻觉，于是他再度从被窝里伸出头，眨了眨眼睛，那东西又闪了一下。这下他彻底瘫了，汗禁不住直往外冒。他立马联想到下午所见的那副棺材，那颗骷髅头，毫无疑问，它的主人肯定是来找我了，也就是说，这世上有鬼，而且是我先打扰了人家的安宁。

马尔萨越想越怕，蜷缩在被窝里的身体不住地哆嗦并发出哼哼声。

擦！丁光成点着了油灯，半跪在马尔萨身旁问，怎么了，尔萨？

马尔萨半坐起来，两眼直勾勾地盯着东北角，颤抖着说，刚才……那边……墙角……有东西发光……是一颗骷髅头，对！是骷髅头，有鬼，这屋里真的有鬼啊！

啪！丁光成抬手就是一巴掌，有你个头啊，刚才是老子坐那里抽烟呢！说完这话，丁光成本能地摸摸自己的脑袋，连刚醒来的歪脖子强二也死盯着那颗白光光的秃头发呆。丁光成一看，二人还将信将疑，便重新坐回墙角，点上烟，喊一声，熄灯！

天亮了，太阳从苍茫的地平线上探出头来，格外地鲜红、圆润，一尘不染。一切都是新的，世界，仿佛是三个人的世界。他们在这片崭新的世界里背着铺盖踏雪回家，几经回头，但谁都没曾说话，只有由衷的笑挂在脸上。

瞩目夕阳

很久没回老家了。尽管公司繁杂的事务能分散注意力，但稍一得闲，萨同心里还是会牵挂乡下的萨金。今天公司例会，他起得稍早，刚在路边的摊点上坐下来，还没等包子稀饭上桌，手机铃声就急吼吼地响了。他禁不住打了个冷战，第一闪念就是萨金那边可千万别出啥事。果然，他的感觉没错，电话是萨金打来的，萨金说，三儿，你快点往回走，村里刚通知了，马上要下来选举。

依惯例，即便是村民小组这不起眼的选举，至少也得提前通知大家，不然的话，村民因不知情外出了，那还选个毛呀？再说刚下通知就上赶着开会，这分明是有人在搞事情，照目前的情形看，应该是针对萨金的。

萨金是他们三兄弟中的老大，老二萨银已经不在了，他是老三。他本来叫萨铜的，但是上初中的时候自己偷偷改了，一是他不想名字听起来太过坚硬，再就是他喜欢"同"字，认为"同"代表团结，预示着兄弟同心，其利断金。这些年他总结了，若想与大哥同心，先得保有滚烫的感恩之心，可不敢忘了大哥的好，毕竟他的学业是大哥用汗水一年接一年、一茬接一茬浇出来的，没大哥的辛劳与无私付出，又何谈他现在所拥有的一切。现在，他哥萨金就如同他连心的手指一般，即便扎个小刺儿，他也会疼。

按说他哥的人生当年也有过一段辉煌，尽管没将双腿从泥地里拔出来，但仗着脑瓜子灵，嘴皮子溜，在大锅饭的末段就混成了生产队的二把手。改革开放后大队变成村，生产队变成了村民小组，原先的队长当了村长，他哥也官升一级当了组长，而且一当几十年，到如今他的仕途依然稳定。只是这种稳定的背后也暴露出没文化的致命伤，若稍稍有点文化，相信他哥的仕途也不会稳定到这个程度。好在他哥有威望，威望是时光铸就的。一路蹚过来，虽没为村庄蹚出新路，但整个村庄的草木都被他吆喝惯了，好像离了他的吹胡子瞪眼睛，人们倒觉得心里空，不踏实。这么多年干下来，村一级的领导走马灯似的换了一茬又一茬，在历届班子产生之即，村官们都会极力扶植自己的亲信，而他哥却是剃不掉的硬茬子，其支持者都是那些曾一起吃过糠咽过菜的同龄人，这是他的基本盘。尽管这些人已逐渐退居到家庭生活的幕后，但他们根深蒂固的奴性思维还照样影响着前台。既然儿孙们总觉得欠他们的，那就得努力偿还，就得无条件地让他们高兴。持这种态度的人不少，其中也包括萨同。

当然萨金的营盘也并非牢不可破，世间没有不散的人心，自然就没有攻不破的堡垒，这只是时间问题。时间不光能淡化人情，还能让一张张脸皮变得麻木，让人心越走越远。特别是近几年，人们对萨金已不再像从前那么敬畏，他的势头正在江河日下，首先称呼上的改变就给他带来了沉重的危机感。过去对他的称呼不外乎萨队长、萨爸、萨哥等，后来便过渡到直呼其名，而且平辈人当面叫他萨金，背后却叫他傻金，连孙子辈的也有样学样，叫他傻金爷。将"傻"字安他身上，倒不算冤枉他，因为在正常人眼里，他不但傻，而且还病了。

伴随着社会的不断进步，老辈人有的走了，活着的，好像吃五谷杂粮吃出了新滋味，观念也悄然开化了，加之新生代知识结构上的改变，总免不了有人跳出来吃螃蟹，试图破他的网，刨他的根，在他这堵摇摇欲倒的老墙上再添把力。

萨金也有样学样，每逢对手出现时他都会从容不迫，拿出从萨同那里学来的话傲慢地怼人家，说人家搬起石头砸月亮，不知天高地厚。他说话底气足，自然是仰仗了疼他并且能维护他的兄弟。虽为一娘同胞，萨同的喜好以及人生定位明显与萨金不同，但他又不想呛着萨金，毕竟独居乡下的萨金侍奉着永远都抗拒进城的老娘，即便前面的事不提，而今他依然劳苦功高。虽说萨同不待见官场人，但他遵从长兄为父，只有在为自己的前途和命运抉择时才不听萨金的。当初他研究生毕业后就硬没听萨金的话去报考公务员，而是凭自己的学识到一家大型企业打拼，没用几年工夫就修成正果做了高管，拿上了十多万的年薪。他这么成功，却始终没对大哥以身说教，好像他曾试探着问过萨金，问他当村民组长一年能挣多少钱。萨金竟被问得一脸愧色，他似乎是没勇气报出数字，只是颤悠悠地伸了三根指头在萨同眼前晃了一下。萨同当时还被那三根指头给忽悠了，以为是三万？很显然，他猜错了。萨金不得已，只好吞吞吐吐地更正说，是三千。

三千？哥，你在逗我呢？

萨金红着脸，违心地说，三千，可以了。

萨同无语。他立马拉开包取出几沓钱来，说，三千是吧？行，我给你，我买你晚年的一分清闲，这是十年的，你收着。

萨金收了钱，也表示服从兄弟的安排，向村里递交了辞职报告。但他很快发现这不关钱的事儿，究竟关什么事他一时也捋不出三高两低来。只是心里的郁闷越积越重，清晨外出散步时，竟然晕倒在村南头的小石桥上，幸好有邻居发现，送医及时。

住院费是萨同交的。萨金醒来后还捶胸顿足，哭诉说，我心里的失落你知道吗？我的病根在哪里你知道吗？三儿啊，哥的心真的被掏空啦，是你亲手掏的，有些事你根本不懂，可千万别说是芝麻粒大的小官，它是小，但它是长在哥身上的瘊子，有血管也有神经，而且这颗瘊子我从二十岁起一直带到了现在，它看似多余，但割了会疼，你明白吗？

　　萨同明白了。他听说过当官上瘾，却没想到这一丁点权力也能够深入骨髓，令人难弃难舍。但他别无选择，他得让当哥的活着，然而他活着就必须以开心作为前提。萨同深感歉疚，恨自己疏忽，没能读懂哥哥，也没理解他所遭受的精神折磨，他其实活得很累，但他没办法，战胜不了自己是因为中毒太深，现在让他戒除"毒瘾"就等于直接要他的命。他可不想亲手害死兄长。他说，哥，你安心养病，事情咋肿的我就能让它咋消，放心吧。萨同没说大话，尽管这些年，他刻意将自己定性为一位纯粹的商人，也习惯了对权力冷嘲热讽，但他坚信能用智慧玩转权力，也坚信有很多办法能让大哥的宝座失而复得。做到这一点，既要安抚好村上的头头脑脑，还得让庄子上这些老少爷们服服帖帖。萨金的账他们可以不买，但他萨同的账他们肯定得买。这其中的原因并不复杂，不外乎都集中在一个"钱"字上。庄户人心眼实，想得少，认定了有钱的就是好汉，有膘的就是好马。这个不难理解，毕竟连他萨同也从没怀疑过钱的重要性，不是说钱能通神吗？能通神就自然能通人心。他算不上很有钱的人，但他舍得花钱，这就叫豁达，当然，也有人认为他这是任性。连着好几年了，他都在宰牲节这天宰一头牛，将两口大锅往萨金的当院一支，连骨头带肉一起煮了，让庄子上所有人都能在节日这天吃上肉，吃不完剩下的，再打包送亲戚和周边的孤寡老人。原本做这些事与他在场面上的那一套不挨着，他的善念是纯粹的，不夹带任何目的，但年复一年的坚持却在无意中为他积攒下不少人气。但他渐渐发现，每次回老庄子都让他心里不舒服，与乡亲偶遇时他们脸上似乎都带着欠账的表情，尤其在选举村民组长时只要他往会场中间一站，那结果便不言而喻，即便他缺席不回去，选举一般也不会出太大的纰漏，萨金也只是少上几票，但位子还是丢不了。在这一点上，他是自信的，他相信自己的形象仍立在人们心间，也相信那个古老的村庄里现在仍然弥漫着他的气息。但他却高兴不起来，众人吃了才善莫大焉，怎么能变成吃人的嘴短呢？

最终，萨同决定回去。他逢他哥有事的时候，向老总请假时态度都会比往常硬几分，这次也是先申明，准不准假都得回去，然后驱车一路狂奔。早晨的太阳还是原先的那轮，它不管今天庄子上缺谁少谁，或者谁经历了什么，只要晴天，就照常从村东头鲜艳地升起。

大家听着！今天选队长，每户派一个代表过来开会……

萨金的声音有些萎靡，好像在饿着肚子发声。而且队长这个称谓从形式上已废除多年，看来他的思维还停留在20世纪80年代。或许那时的记忆对于他来说是美好的，甜蜜的，所以他不想改口。但他这甜蜜的背后又暗藏着多少把剔骨刀呢？连他自己也说不清楚，或许他根本就不想说，他宁愿假装享受，哪怕自己哄自己也得维护住这两张老脸，一张是他的，另一张是老伴儿的。尤其老伴儿，也随他陷得够深，官太太这一名号起初是人家调侃她的，现在却已与她的命运息息相关，队长也好，组长也罢，都是插在他们心坎上的旗帜，而且这旗帜不能倒，为了能让它继续飘扬，他和老伴儿初心不改，一直在努力迎合别人，讨好别人，这样，心理上就绑定了几分忧虑，几分愁绪，为此身心都付出了极大代价。在萨同心里，他们现在就如同两只老旧的玻璃器皿，说不定哪一天哪一时就突然碎裂了。

萨同将车停在门外的路边上，远处，萨金的喊声越发有气无力。他向其挥手示意，表示他已经回来了。萨金应该是兴奋了一下，因为看到他之后萨金的声音明显比之前洪亮了许多。而萨同心里的纠结却加重了，他又一次觉得，这些年每当自己在选举时回到老家，都不像送温暖的，倒像是送毒品的。萨金的喊声仍在另一条巷子里回荡，不论腔调还是每一个字眼，吐出来都恢复了满满的自信，仿佛已看到了胜利的曙光。但这曙光是他带来的，连同这村庄的沉默与纠结都是他带来的。他心里是清楚的，现在多数人的耐性已被消耗得差不多了，心思已趋于反转，恐怕此刻对他们来说，萨金的喊声已不是在传达信息，而是在变相地折磨人，他们不想再听，更不想让这种噪音在往后的日子里继续蔓延。但他们没办法，因为一直以来站在他们对面的都是两个人，两张脸，即使忽略掉一张，却无法漠视另一张。人情社会，普通百姓都讲究人情不算债，提起锅来卖。既然面对人情时不惜砸锅卖铁，那弱弱地举一次手就显得微不足道了。不情愿是一回事，做忘恩负义的小人又是另一回事。再说现在的村民组长也没啥油水，谁当不是当呢？一次没分量的举手表决，眼一闭一睁，也就完事了，没必要看那么重。

萨同的后脊背凉飕飕的。倘若他每年宰一头牛和或多或少地接济乡邻最终变成了选举的风向标，那他所做的功课就等于白费了。这可不行。他突然意识到萨金被毒药攻心有一多半是他害的，若不是他起作用，萨金也不会继续在一潭死水里扑腾到现在，于是他决定回头，不想再为萨金站台了，何况萨金身上的这颗瘊子终将是要割的，迟割还不如早割，割得越迟他年纪越大，抵抗力也就越差，危险系数越高。

他没进大哥的门，进不进没关系，这并不影响他的气场。他那辆镶着四个环的橘红色轿车就展示在路边上，车如同一个象征，一面令旗，只要人们走出家门第一眼就能看见，看见了，内心自然会受到触动。

这就是能量，正负且先不说，但它确实能左右一些事情。

萨同想好了，他决定去找四虎子。第一个看见他进院子的是四虎子家那条黑狗。但它只抬了一下头，并没有吭声。原本这条狗是很凶的，而且不认人，跟失忆者一样，不管你昨天是否刚过来，在它这里，只能是有一次算一次，每次来你都会被当作新人对待，即便它不真咬，起码也得喊声震天，以狂吠告诉主人，它正在尽职尽责。

四虎子是萨同五个堂兄弟中的老四，萨同找他，是料定他也乐见于萨金下台。果然，见萨同推门进来，他那张脸就像刚背过水泥，即刻呈现出暗淡的灰色。让过座之后，四虎子忙掀起门帘往外看了看，大概想考证一下他的狗这会是否在岗，但他看过了，脸色也更差了。

由于时间紧，他便开门见山地说，老四，我想你已经知道了，我回来是为了选举，找你呢，也是为了选举，多余的话我就不说了，就一条，请你帮忙……

哥，你也太见外了，本就是自家的事，还这么客气干啥？

萨同说，你先别急，先听我把话说完。

四虎子的耳朵竖了起来，一副听命于人的样子。萨同并没被他的神情所动，他太了解这个堂弟了，眼前的表现只是做给他看的，再说了，是个人都清楚，无谓的抗争往往只能给自己带来麻烦。萨同说，你别误会，我今天来是另有想法，这次我想让你站出来参选。

少顷，四虎子才呲呲喘喘地说，哥，你说啥呢？

萨同不慌不忙地说，听好了老四，现在你抓紧出去活动，争取多笼络些支持者。

四虎子脸刷地就绿了，以为自己这些天暗地里的小动作被人告了密，萨同是来兴师问罪的。他说三哥啊，你可不是一般人哪，现在小人多，有些话听听也就算了，可千万别当真……

说到这儿，他停下来，大概想看看萨同的反应，或许他已经做好了迎接暴风骤雨的心理准备。但萨同却微笑着点点头，意在鼓励他竹筒倒豆子，将想说的话和盘托出。

见萨同并没有发飙的迹象，四虎子心里的石头也算落了一半，他想再鼓鼓劲，让石头彻底落在地上。他说，三哥啊，再怎么说一笔也写不出两个"萨"字来，咱可是同宗同族的兄弟，打断骨头还连着筋呢，你放心，我肯定是支持大哥的，这不，正琢磨对策呢你进来了，也好，你说咋干吧，我听你的。

萨同说，我相信你有心，都自己人嘛，怎么会没心呢？但这次你真的是搞错了，让你参选是我此次回来的目的，不然我就用不着回来了。

四虎子的两只小眼睛放射着亲切的神采，看上去他们已经确信了自己的耳朵并没有偷懒，话听得很真切，好赖话的确都是从萨同嘴里冒出来的。但他似乎仍心存疑虑，吃不准萨同是拿话套话呢，还是另有隐情，总之，还是小心为妙。

萨同说，时间不多，马上就要开会了，我就直说吧，是这样的，我想让大哥退下来。当然，我不是来和你们商量的，而是请你们帮忙的。

真的，三哥？

萨同说，千真万确。

四虎子若有所思，片刻的沉默过后他说，三哥，这有点难度，有些事你不知道，估计连大哥他也不可能知道，这次村上可是下了大力气的，说是要让村民小组组长一律知识化年轻化，尽管我还算年轻，但我姓萨，哥哥当完了，弟弟再当，这也不符合大家的期待，所以这届我是没机会的，再说，候选人村上早就定了，最有希望的是金大贵，估计你今天要不回来，年轻人都会支持大贵的，这种情况下，我就算挣出疝气来，也不是人家的对手，我选不上的。

你选上选不上我不管，只要别让大哥选上就行。萨同已亮出了全部底牌，但在这节骨眼上他还得装出求人办事的姿态，不然四虎子肯定有所顾忌，放不开手脚，再怎么说，人都是靠一张面皮活着。如果他放不开手脚，这事就很难成功。他必须给予他足够的信心和勇气，他说，你若不出力，那我今天回来就等于又帮了大哥的忙，我这么一亮相，金大贵绝对选不上，让你出面参选其实是一箭双雕，首先，你是自己参选，你的亲兄弟以及三朋四友挺你人人都能理解，而且大哥他也没理由生气。由于你的出现，削弱了大哥的力量，金大贵便可以顺利当选。其次，尽管你落选了，但起码能亮个相，让大家对你有个长远的预期，这样，就为下一次换届埋下了伏笔。

其实四虎子要的并不是他这些大道理，即使萨同不这么苦口婆心，他也会暗中倒戈，去助力别人，他现在要的，是萨同内心真正的原谅，他说，三哥，这可都是你让我干的。

萨同说，你放心去干吧，这件事干好了我欠你个人情。

四虎子从家里出来，又从另一道巷子的转角处消失，像地下工作者一样行色匆匆。金大贵站在萨同的轿车旁抽烟，似是正在等他。当年金大贵因欠下一身赌债被人四处追打，周围人嫌他沉迷赌博都不愿借钱给他，后来有人给了他萨同的电话让他试试，萨同说，你过来拿。自那以后他冲着萨同的这份信任改邪归正了，这些年田地一直操持得不错。见到萨同的这一刻他确实想找个地缝钻进去，没有地缝可钻，只能是脸上红一阵白一阵的，他说哥，我本来不想干的，但大家都希望我干，村上说了，即使我不干，这次大哥也非得下来，所以……

萨同笑了笑，拍拍他的肩膀说，这个你不用解释，既然应承了就得往下扛，况且这位子也不是卖给谁家的，皇帝还有个退位的时候呢，你要能坚持自我，勇往直前，今后有困难我还可以相帮，如果你临阵退缩，那我们这辈子就权当不认识。

金大贵感动得差点哭了，但他没来得及哭村上领导的车就已经窜到了跟前。这届村两委都是年轻人，个个都有初生牛犊般的野性和派头，尤其支书，是县里委派的驻村第一书记，有文凭，有魄力。他们挨个跟金大贵握了手，并说了"加油"二字以示鼓励，但金大贵却不敢忽略了萨同，忙介绍说，这是三哥萨同。几个人一听，才算正式拿眼瞧他，并礼节性地握了手。

选举的第一道程序就是确立候选人。年轻的村支书青春的鼻梁上架一副金丝眼镜，确实有一股单纯的书生气息，他宣布说，经群众联名推荐，后经村两委班子筛选，目前有三位候选人参加角逐，一是老组长萨金，二是种植能手金大贵，三是萨四虎。今天我们充分发扬民主，请大家各自在心里酝酿一下，看选谁合适。我只是弱弱地提示一下，毕竟时代不同了，经济结构在变，种植模式在变，因此我们迫切地需要有文化懂科技的年富力强者站出来，带领大家改变乡村面貌……

还别说，村支书看似嘴上没毛，但谈吐不素，短短几句开场白倒让萨同感慨良多。但听完后，萨金额头上却渗出了细微的汗珠。他瞥一眼萨同，见萨同气定神闲，一副成竹在胸的样子，他额头的汗又渗回去了。最终的结果是，萨金得二十五票，金大贵二十八票，四虎子十一票。

现实已摆在眼前，而且这场选举的公正性无可置疑，但萨金就是不愿接受，或者说他这辈子还没有学会接受。他拨开人群直接扑向金大贵，指着鼻子骂道，你娃别高兴得太早，就算是选上了，你也别想当，不信咱就试试，我呸！抱石头砸月亮呢，不知天高地厚的东西！

金大贵始终没还口，只是无奈地抬头看一眼萨同。萨同一甩脑袋，示意他快闪。金大贵转身就跑，等萨金追出来他已是一道金光。金大贵的逃离让萨金失去了发泄的目标，正好门口立着一把平时铲垃圾用的老铁锨，萨金抓起来就砸向村支书的汽车挡风玻璃。这个举动把所有人都惊呆了。村支书嚷嚷着要报警，围观的群众却七嘴八舌地替萨金开脱，有人还阻止说，报啥警啊？都自己人，不至于吧书记？也有人说，你看这样行不行，你的车尽管去修，花多花少算我们大家的，就他这身体，再折腾怕是会出大事……

话音未落，萨金已腾的一声晕倒了。他再次住进了医院，等再度从昏迷中醒来时依然是捶胸顿足，咆哮说，完啦！完啦！世事难料，人心不古啊……

也不知这话是从哪里新学的，但萨同却认为能契合他哥此刻的心情。一连几天，萨金都复述着上面那几句，最后才将口诛的目标具体到个别人身上，死盯着天花板叫骂说，万万没想到啊，半路杀出个程咬金，这个家族中的叛徒，祖宗有灵，会让他遭报应的。还有那个赌博客，他能当组长简直稀奇了，那二十八户人也不知咋想的？难道让他上来带着玩赌吗？

四虎子的事萨同没做解释，毕竟那是他安排的，如果这时候坦白，他怕自己也被大哥定性为叛徒，而且是隐藏更深的叛徒，那样，大哥会伤得更重。他说哥啊，你现在最重要的是安心治病，养好身体。再说，你是位老党员了，觉悟应该比我高，更应该辩证地看问题，以发展的眼光看人。没错，大贵是曾经犯过错误，走过歪路，但知错能改就是好同志嘛，你看看现在，人家钻研技术，种蔬菜养花卉，年收入成倍地翻番，这就叫年轻有为，你还真别多心，兄弟我照直了说，在如今的形势下，他当组长肯定比你强。

强个屁！别墙里栽到墙外了。萨金说，最终谁强谁弱那还得骑驴看唱本，走着瞧。现在我只知道，过去你曾在他走投无路的时候帮过他，而他却恩将仇报夺了你哥的位子，而你呢，还在这里替他说话，完啦！完啦！世事难料，人心不古啊……

又回去了。对于萨金的固执，萨同一筹莫展。眼下得尽快让他明白，促使他出局的并非某个组织和个人，而是这个时代，被一个时代造就的人，最终被另一个时代淘汰是历史的必然。但是这道理太大了，摊开在他哥面前恐怕也不好使，估计他哥还会拿出自己的那套理论进行抵御。继续与其辩论吧，明显是与病人较真，住嘴吧又担心被他哥误判为自己是对的一方。正为难时，病房门开了，走进来的是村支书和金大贵。支书怀抱着一束鲜花，金大贵忐忑地跟在后面，两手拎着大包小包的营养品，像个手足无措的跟班。一看是他们，萨金便将原先的仰躺改为侧卧，亮出了冰冷的脊背。

村支书恭敬地立在床前说，叔啊，我代表村两委看您来了，实在对不起，虽说让您退下来休息也是一片好心，但随后发现，我们的方式方法确实存在问题，至少我们应该相信，您是一个有着几十年党龄的老前辈，关键时刻，还是能顾大局的。

萨金翻过身来，嘴唇动了动，尽管村支书的表述语重心长，但他脸上的怨气仍没有消退。他撇开支书，紧盯着金大贵说，按说不能啊，这辈子我为大家操心费神，嘴皮子都磨破了，没功劳还有个苦劳呢，最终竟然还有二十八户人为你举手，你娃是怎么做到的？

金大贵红头涨脸，像欠了萨金钱似的，哼唧了半天好像才鼓足了勇气说，大哥啊，到这步，我也就不藏着掖着了，这二十八户人，其实都跟我是一个群里的，我们私底下早就说好了，大家劲往一处使，有钱一起赚，也算是命运共同体，他们自然会支持我了。

萨金睁圆了眼睛说，群！什么群。

大贵说，是蔬菜花卉种植销售群。

萨金的眼睛越翻越大，抠着头皮说，有这个群，我怎么一点都不知道？

大贵无语。萨同忙接过话茬说，瞧你这组长当的，人家搞这么大动静，你就算听不见，难道还看不见吗？我看你现在的思维就跟你的冠状动脉一样，早已经僵化了，淤堵得不行了；手机呢，又是最低端的老年机，别说像人家那样搞微博销售了，你连微信都上不了。我早就说给你换个好的，但你死活不要，说太高级了你不会用，这下怎么样？看出与年轻人之间的差距了吧？

萨同的意图很明显，是在给他哥下猛药，但村支书似乎仍觉得萨同的话锋过硬，他想再往回找找。支书说，也不能说是差距，年轻有年轻的优势，年老有年老的作用嘛，有道是，家有一老，如有一宝。叔，您就听我的，安心在这里养病，身体是革命的本钱，身体好才是真的好，才能更多地为群众服务。等你硬朗了，我们还需要您继续发挥余热呢。

萨金将被子一掀，立马来了精神。他往床沿上一坐，说，书记的意思是——我还有用？

那当然，您有威望，又善于调解，村民间田埂连田埂，房子挨房子，淌一条渠里的水就等于在一个锅里搅勺子，哪有碟子不碰碗的？有了矛盾，就得有化解矛盾的方法，就需要您这样德高望重的人站出来做和事佬。我们要实现小康目标，在大力发展经济的同时，团结和稳定也是重中之重。组长您可以不当，但和事佬您还得继续当下去。

萨金布满沟壑的老脸总算舒展了一些，但看上去依然夹杂着一丝不易察觉的疑虑，他苦笑了一下，说，别逗了书记，对于你的宽慰我很感激，也谢谢你们来看我，不过咱乡下人好讲实话，我现在已经被撸了，既然是大伙儿举手撸的，就免不了人走茶凉，我哪还好意思腆着脸劝东说西呢，即使我能拉下这张脸，别人也不一定还听我的。算啦，你们回吧，心意我领了，心里也暖和多了，就冲这，我往后也不该再闹情绪。

出院这天，车行至半路时萨金说，三儿，到家后你还是直接把车开进院子里吧，我现在还不想见任何人，也没脸见任何人，更不想看一些人幸灾乐祸。萨同说，怎么会呢？你这辈子的辛勤付出庄子上的老少爷们可都记着呢，他们本来都吵吵着到医院探望你的，我没让来，我觉得大家也挺难的，心到了就行。你说呢？

萨金深叹了一口气说，这就叫千里路上搭凉篷，没有不散的宴席。走到这一步我倒是想放下，但几十年干下来，就难免有好心办错事的时候，我是土埋半截子的人了，不怕别的，就怕被怨恨，被疏远，最终成孤家寡人。

萨同说，放心吧哥，说不定人们正等着欢迎你呢。果然，车一进庄子，就被黑压压的人墙堵在了小石桥上。人群在金大贵的引领下齐呼，欢迎老组长回家，祝老组长健康长寿，我——们——大——家——需——要——你！

村两委班子成员从人群中齐出来，挨个与萨金握手寒暄。村支书拉开包，取出红皮子聘书说，叔，咱村刚成立了民族团结促进会，经过村民代表会议协商，大家一直推举你为第一任会长，不过没薪水的，你愿不愿再为大家免费服务几年？

虽说这欢迎的场景有明显的编排痕迹，但聘书是真实的，每个人的目光也是真诚的，和善的。伴随着掌声，萨金的眼窝湿了，他用含泪的微笑告诉大家，这会长，我当了。

化圆成方

人没权力选择父母的，也无权选择出生时间。依这样的说法，海佑民当初就不该为家庭突发的变故背锅。直到今天，他都没过过一次生日。小时候是没人给他过，后来是自己不想过，因为那日子晦气，还没等接生婆离开，他父亲就被人绑去游街了。后来全家被下放农村，来到这偏远的河边小镇上。虽说事发前他父亲的职位不高，但大小是个领导，他母亲一步登天，从乡下女人一下子跃升为干部家属，在相继生了他大哥二哥大姐和他之后，本可以相夫教子过平静的日子，却突遭飞来横祸。这一切没法解释，捋来捋去，唯一合理的解释就是他的降生，肯定是他这颗灾星方了一家人的运道。他爹是个从不信邪的人，却拗不过信以为真的女人，何况那阵子无论面对外界还是家庭他已经人微言轻。为了不让女人彻底疯掉，只得选择忍让。从那时起，只要母亲一怀念起过去的生活，他的皮肉就免不了再添上几处淤青，无奈之下，他爹便将他送给了同村的一对夫妻抚养。那对夫妻不生育，倒视他为己出，或许他天生命硬，八岁上，养父又在驾船捕鱼时遇上风浪给龙王招了女婿，这便更加佐证了他是把克父的快刀子。养母提出退货，迫于政策压力，母亲虽勉强将他收留，却在吃饭穿衣上越发冷颜相对，时不时就会叨叨说，你呀，绝对是我前世的仇人，你今生投胎我家，一定是来寻仇的。这便逐渐抹杀了他幼小心灵中对于家庭温暖的那一丝期待，最终也就演变为有家难回，成了方圆几十里最小的流浪汉。

海佑民这名字是他爹给起的，从字眼上推敲，倒能看出几成文墨来，但庄子上不论大人小孩都叫他"还有命"，意思是每天能看到他活着都是很大的意外。

母亲不愿见到他，他也挺直了脖子不想回家，成天饥寒交迫地在庄子上游荡，有时饿急了，也干些小偷小摸的勾当，一旦手不顺被抓了现行，便免不了受一顿皮肉之苦。邻里们打他，摆明了是打给他父母看的，大概人们至今也没能真正弄明白这家人到底是怎么回事，一个有父有母有兄弟姐妹的孩子怎会有如此窘困的境遇呢？那时候他并不知道活着的意义是什么，只是凭本能维系着孱弱的生命。到后来哥哥姐姐们都长高了，家中又添了两个妹妹，这对他来说都算不上好消息，因为接下来他的生存空间会被挤压到没一丝缝隙。无处容身的时候，他只好钻生产队的草料棚，跟骡马牛争食或去田地里扫荡一些瓜果度日。幸亏，队里的知青点还有个名叫白鹏的男知青没有返城，小伙子也是命运多舛，家里的情形大致与他家相同，父亲也是在轰轰烈烈的运动浪潮中受到冲击，变成了"五七"干校的一员。小伙子本性善良，隔三岔五地给他一些粗粮饼，重要的是每逢冬日都会慷慨地收留他，才让他挨过冰雪严寒，不至于冻成重伤。在那些处于生死边缘的日子里，他与同病相怜的知青大哥抱团取暖，从物质到精神，他得到了不少的抚慰。

时光如落叶般枯了一茬又一茬，他大哥二哥大姐一个个又长高了，都长成了家里的壮劳力，毕竟人大了心也会跟着大，心大了就能装进更多东西，想更多的事情。尽管父母从不提及，特别是母亲，就像那十月怀他一朝分娩都曾是噩梦一场。或许她根本就不敢想起他，怕他的形象从脑海中掠过还会给家庭招灾。但哥哥姐姐们却没忘了这世间还有个孤苦无依的兄弟在随风漂流，他们偶尔也会从自己口中省一点吃的偷偷塞给他，这也是他存活下来的另一个因素，但他们始终无力提供给他一个叫作家的地方。

到20世纪70年代末，知青白鹏返城的事儿终于有了些眉目，听上面说，白鹏在这里待的时间多则一年，少则个把月，于是在一个月光如水的秋夜里，白鹏突然心血来潮做了个错误的决定，将他从大队弹簧厂破掉一块玻璃的小窗户放进去，偷了一提包弹簧准备回城后做套沙发，不料中途被查夜的工人发现了，白鹏拎着那包弹簧侥幸逃脱，而他却被擒在厂房里。当晚便遭到了轮番审讯，不知挨了多少拳脚他已经说不清了，只知道天亮时已经是遍体鳞伤。那个过程是极具暴力的，疼痛难忍时，他只能以哭喊来缓解，但是他必须咬紧牙关，他那时已经十三岁了，苦难最终还是锤炼了他的意志，也让他有了超越年龄的智慧。他认为自己这条命曾经是父母给的，但后来是白鹏给的，没有白鹏的垂怜他不知早死过多少次了，眼下就算被打死，顶多也是将这条命重新还给白鹏，他认了。这是他天真的想法，大队干部们却不傻，况且查夜人明明看见他的同伙拎着东西跑了。最后他只得往下编，只要不牵扯白鹏，想怎么编就怎么编，信与不信那是别人的事。他交代说那人是他在县城流浪时碰上的，人家给了他十块钱让他帮着干这事儿，他是为了钱才答应的，并没问人家姓什么叫什么。这个谎撒得算不上天衣无缝，但总算能勉强过关。那时候我们的社会还未健全法制，自然没人在意他是否未成年，以至对他的惩罚是与他爹当年一样的游街示众，原本从部队出发时他是被一根绳子拴在自行车后面跟着跑的，但那个从军队复员的民兵营长看他还是个孩子便动了恻隐之心，改用自行车捎着他，他坐在后架上抱着写有盗窃犯海佑民的牌子，每到一个庄子便下来展示一番，然后再去下一个庄子。那时候他身份卑微，不但没意识到人格受到了侮辱，而且还暗自庆幸自己没被打死还保护了知青大哥。活着，竟然成了他唯一值得炫耀的资本。

回来后白鹏抱着他哭了个稀里哗啦，说他在家里等了一天半夜，就坐等民兵来抓，没想到你真的扛下来了。白鹏哽咽说，你知道吗？如果你说出我的名字，我回城的事儿泡汤不说可能还会去大牢里蹲几天。现在，你不光是我的兄弟，还是我的恩人，你放心，我爹说了，往后我们的处境一定会好起来的，我好了，你一定也会好。哦，对了，咱两个就此结拜吧，你做我一世的兄弟如何？

他们在地当中叩完头还没有起身，他爹就冲进来在他脊背上抽了两马鞭。他鸵鸟状双手抱头，做好了继续受虐的准备。情急之下白鹏一跃就扑到他身上，欲抵挡再次落下的皮鞭。他爹一愣，便高举着无法落下的皮鞭，颤动着嘴唇说，坏厼呀，我从进入革命队伍那天起就下决心不再拿群众一针一线，你可倒好，跑去偷集体的东西，我今天若不当众打你，就找不回我这张老脸，起来！给我往庄子上走。

父亲的用意他心里清楚，这是要拿他的肉体充脸面，做人情，好吧，不就是我在前边走，你在后面抽吗？打我挨了，但至少能说明我还算你的儿子。

但是白鹏不干，他质问说，你凭什么打人？

他爹说，我打自己的儿子还要你管？

白鹏冷笑了一下说，原来你知道他是你儿子呀？我以为你忘了呢。

白鹏的话音刚落，他父亲手中的鞭子就啪地掉地上了。他顺手捡起鞭子，又重新递回给父亲，在抬头的瞬间，他看到父亲的眼睛里正噙着泪，不是很明显，但确定有。父亲转过身默然离开了，他没有辩驳也没有解释，只留下一个凄楚的背影。从这副瘦如木板的背影里他看到了父亲内心的无奈与迷茫，于是他心里一紧，眼睛一酸，哇地就哭出了声。父亲踉跄的脚步有个稍纵即逝的停动，像车轮被小石子支了一下，然后又一扬头，铿锵有力地走了。

他只是哭，号啕声像大坝决堤一样肆无忌惮，他觉得父亲没错，错的是他，父亲只是没办法，养活一家八口人他已经倾注了全部精力，别说放弃一个半个，在这样的处境下就算夭折掉一两个也无可指责。

此刻对于父亲而言，他除了心疼，剩下的全是自责。尽管白鹏不理解，他自己也说不清楚，他甚至不懂什么叫血浓于水，只是每当看到父亲那张沧桑的瘦黄脸他心里就会难过，这也让白鹏对他的品质有了更坚实的定性。一个在人世间过早就吃尽苦头的孩子，对人对事始终都没提一丝抱怨，可见其心胸之博大是成人都难以企及的。白鹏只能劝他别哭，鼓励他坚强。白鹏说，做人单凭有情有义还不够，还得有毅力有智慧，你相信哥的话，用不了多久，一切苦难就将过去，新的生活定会到来，你现在跟着我，暂时是冻不着饿不着，但是你总会长大的，等你长大了，就要到社会的浪潮中去折腾，这样问题就来了，一个目不识丁的人是不可能出人头地的。

白鹏的话直接就戳到了他的痛处。念书学文化是他一直渴望的事情，这么多年来，他每天都是眼巴巴看着同龄的孩子们上学放学，而自己却只有叹气的份儿。

自那天起，白鹏弄了个小黑板，每天收工后或晚上睡觉前都要教他识字。他学得很认真，因为他知道知青大哥迟早会走的，所以他必须抓紧时间，从会写名字开始便一发不可收拾，后来还学会了拼音、查字典以及两位数以内的加减乘除。

白鹏最终还是达成了回城的意愿，他要走了。临走前他将队长叫过来给了几包烟，叮嘱说，我走后这房子闲着也是闲着，就让这娃住吧，只要您善待这娃，我将后一定会补偿您的，等他再大一点，我就把他接过去，想办法给他在城里找个事干，但暂时就托付给您了。

队长是位满脸沟壑的老者，因为与样板戏《智取威虎山》中的猎户老常同姓，所以私底下被人戏称为"老猎户"。他虽是粗人，但毕竟饱经沧桑，深谙世事，或许他早就料到风向迟早是会变的，因此这些年在对待知青白鹏以及海佑民父亲的问题上一直装傻充愣、含糊其辞，必要时极力为他们开脱，很多人不理解，但他只微微一笑，从不做解释。

之后一段时光他过得倒很踏实，白鹏将自己的铺铺盖盖、锅碗瓢盆都给他留下了，而且从外表上看，他已比过去整洁了很多，甚至让同龄的娃娃们产生了羡慕与嫉妒。一切都仰仗了白鹏，是白鹏回城后将自己和身边朋友的旧衣服收起来，再找最好的裁缝改合适后给他拿过来的。十多岁的男娃吃饱肚子也不算难事，队里的打谷场就在知青点旁边，看场子的老汉看他可怜，虽不能明着教唆他去偷粮，但有时候会在大半夜以家中有事为名让他帮着照看一会，变相为他提供了监守自盗的机会，队里的牧羊人也时不时地送些羊奶给他，这样他的温饱问题也就基本解决了。后来白鹏的父亲官复原职，成了市里的主要领导，他自己也从工厂出来，调城建部门工作了，看望海佑民时也有小吉普车接送。但是海佑民以及他父亲却仍不知道社会变革的车轮正在滚滚向前，尤其海祐民的父亲，从艰难的岁月和艰难的环境中一路挣扎过来，已被改造成日出而作日落而息的懵懂农夫，在别人都背着满包的材料到处申诉的时候，他脑海中装的，仍是家里的方寸之地和大集体的一条条田埂。他忘了读书，忘了看报，不关心现实也不回顾往昔，曾为解放全人类立下的铿锵誓言早已在峥嵘岁月中就米下锅，即使村里的高音喇叭成天喊落实政策和拨乱反正，他也听不懂了，他成了精神和肉体同时病入膏肓的人。

人虽然左右不了自己一生的悲喜，但是命运总还有开花的时节，就在他父亲几乎忘了自己是谁的时候，市委统战部落实政策办公室的工作人员还是找上了门。结合他父亲的经历和那些所谓的问题，一看就属于冤假错案，于是没费多少周章就给予了平反。只不过一切都再也回不到从前了，他们家还是被永远留在了河边这偏僻的小镇上，他爹恢复了党籍，以副处级待遇离休，并获得了一些经济补偿，钱不多，但还算是将家里以及大哥二哥的房子翻盖一新，变成全庄子仅有的几栋大瓦房。

所谓人争一口气佛争一炉香，就是说人的身心都是有一口气撑着的，尤其重担在肩的男人，一旦撑到极限的那口气突然泄了，便会瘫软无力，再也站不起来了。他爹就是这样，二十多年了，就像一张时刻拉成满月的弓，既不敢松手，更不敢懈怠，他知道自己在生活的戏里戏外所扮演的角色，更知道一旦自己倒下去将意味着什么，但他平反之后却一下子倒了个彻底，他生命的最后十年基本都是在医院的高干病房里度过的。尽管副处级待遇的离休工资不算低，但是支配这笔工资的人却不是他爹自己，在海佑民的记忆里，他爹这辈子好像只做两件事，即之前的养家和后来的养病，这就导致了在家庭生活全面改观之后，他的前途仍暗淡无光。直到后来父亲去世，他被白鹏一顿小车接进城以后也没再回过真正的家里。他先是当了几年工人，接着又娶了同厂的城里姑娘做媳妇，一切看上去也像是苦尽甘来，但他内心的纠结却像他爹前些年的病情一样疾重难返。人都是妈生的，他自然也不例外，若母亲承认他是捡来的那倒好说一些，发生在他身上的一切也就有了合理的解释。然而母亲并没有承认这一点，也就是说，母亲宁可将亲生骨肉拒之千里，也要将信奉的东西固守到最后，这也太不可思议了。但是最近他从网上看到一则更令人震惊的新闻，说的是一个妇女，因听算命的说儿子与自己八字相克而对其实施了极端的摧残。这也就对上号了。毕竟那个年代是混沌的，人的思维也是混沌的，母亲没文化，在混沌中迷失也就再自然不过了。

不论当妈的如何冷漠，他的生活还得继续，只要还活在这世间，就得顺应命运的安排，就像他这些年，该流浪的时候流浪，该做工的时候做工，婚后又在白鹏的撺掇下放弃工作下海干工程，尽管亦步亦趋，却总是往前走的。这也算是一种抗争吧？他突然发现，抗争也是很有趣的事情，童年时与饥寒交迫抗争，最终他赢了，直到今天，每当洗澡时对着镜子看自己，他都会骄傲地昂起头。按说那么凄惨地活过来他本该骨瘦如柴的，可没想到他的身体竟如此健壮。这就是天意，天没灭他，他自然就不能负天，即便是报答上天的护佑，他也要争取做个懂孝道的好人。于是近年来他没少帮助老家，弟兄姊妹也努力帮他拉近与老妈之间的关系，但是收效甚微，他每回带着媳妇去探望都会遇到一张久违的冷脸。但是他必须坚持，力争用心灵和时间去感化，去破冰。他深知，没老妈的配合他是当不成孝子的，若真当不成孝子，那他的人生再怎么辉煌也还是缺了一大块。基于这美丽的愿望，他便与自己童年的那一段往事做了彻底切割，不光对妻子隐瞒，而且在与朋友交往的过程中从来都不会提及，他认为那就是最该忘却最该丢弃的东西，这种情况在医学界被称作"选择性失忆"。这方面他做得很成功，所以他才会拥有今天的快乐和大度。当然做到这一点，还得有相应的道理来做支撑，得首先说服自己，让自己承认母亲的伟大。这个其实也不难，既然他不是捡来的，那毫无疑问，母亲是给予他生命的人，而且不论佛教还是其他宗教都无一例外地认为，仅母亲十月怀胎所承受的磨难其子女毕生都报答不完。这个观点他也是认同的，因为从自己成为人父之后，就已目睹了妻子育儿的艰难，为此他无权责怪母亲，即便当初母亲有错在先，但站在今天的角度上去衡量，足以功过相抵。就算他们的一腔热情至今还温暖不了母亲，但好在她老人家对孙子很疼爱，每次回去后都抓着孩子的小手不放，自嫌给肉不香给蜜不甜，目光无时不罩着孩子，生怕丢了似的。这让他有些嫉妒，他想不通母亲为什么不能将对孙子的爱分一成给他呢。妻子也不理解，总抱怨说老人是冲她，逼他做解释，他无法解释这一切，每次都支吾其词或以沉默应对，他知道在婆媳关系上妻子是最冤的，是受了他的连累。

时光在走，但是母亲的心不变。在海佑民的记忆中，母亲从不曾检讨过自己，即便有十分明显且无可抵赖的过错她也拒不承认，她宁可用其他方式补偿被她伤害过的人，也不会在口头上让步，至于道歉什么的，那简直比登天还难。就这样，她始终一个人伴随着闲话，制造着矛盾，在乡下的几个儿子间来来回回地折腾。她吃不惯别人做的饭，也听不惯别人说的话，尽管她做的饭菜并不好吃，但是剩下的也舍不得倒掉，她说糟蹋一粒饭就等于种一粒蛆，等将来睡在地下的时候蛆就会来吃你，所以她哪怕热了再热，也得把剩饭吃进肚里。她说话一直很冲，冲是一种态度，以表明她不是手背往下向儿女讨食的老人。但是无情的时光很快就打了她的脸，而且将近九十个春去冬来，已让她的身形永远曲成了九十度，像是对这漫长的人间岁月谢幕一样。她不光再也做不出自己称心如意的饭菜，而且所有的生活起居都得有人来照顾。即便走到这一步，她依然自信地认为并不会招人嫌弃，毕竟她是老革命遗孀，手里每月有几个养老钱，她吃的喝的始终都还是自己的。尽管没一家能做出令她满意的饭菜来，但她却永远都是儿子的苦主，其中也包括海佑民。只要他还有命，就永远是妈的儿子，这个标签是贴在血肉里的，想撕都撕不掉，况且他根本就不想撕。

今年入春时，为解决老妈的问题，弟兄们聚在一起开了个会，商讨的结论是轮流照顾，哥仨一家四个月。原本俩哥哥都不曾要求海佑民也能像他们一样（更别说老妈根本不愿意进他的家门），只要他有心，拿点钱出来补偿大家，倒也算尽孝了。但他觉得不妥，这不是钱的事儿，而是老猫房上睡，一辈赶一辈。以往老妈对他如何排斥，他不想讲，孩子们也不知道，他们应该只相信自己所看到的或感受到的，让孩子们从他身上学习什么，才是目前最值得思考的问题。鉴于以上种种，他除了和别人一样不折不扣地做个好儿子之外别无选择，就算抢，每年也得把老妈抢过来四个月。但是老妈的态度更硬，甚至还一哭二闹三绝食，只要逮到邻居扎堆的机会，便不失时机地控诉儿女们的不孝，说什么明知那贼娃子是个灰鬼丧门星，还硬把她往死路上送。

这些话免不了一字不剩地传进海佑民的耳朵，但他仍相信经过时间的验证，老妈对他的态度会有所改变，毕竟他是她生的，只要他坚持做好该做的事情，就算是三尺坚冰也自有融化的一天。这想法理论上很丰满，即便从人性的角度也完全能说得过去，但随着日期临近，也不知怎的，他的神经却不由地越绷越紧，家里除过两个即将投入奶奶怀抱的孩子时不时地欢呼雀跃之外，他们两口子却因为没找到溶冰的方法而一筹莫展。

咱妈到底怎么了？你过去肯定狠狠地伤过她？你还是说出来吧，只有找到病根，咱才能对症下药并获得老人的谅解，不是吗？

面对媳妇一句紧似一句的追问，他实在找不出继续搪塞的理由，所以才将脸颊憋成了猴屁股。由于内心深处难耐的燥热，他翻起身走向厨房，想倒杯水，也好借此避开女人喋喋不休的追问。因为谎话一旦说多了，连自己都会觉得胸腔憋闷，脑袋发昏。说真话倒能轻松些，但他不敢说，倘若将母亲对待他的事来个竹筒倒豆子，他媳妇听过后就很难做到像他这样平静，或许在心里埋下仇恨都大有可能。若真到了那一步，他和母亲之间的坎也就越凿越深。他权衡再三，仍决定继续打掉牙往肚子里咽，好争取时间去温暖另一颗冰凉了半个世纪的心。

但他还是打错了算盘。秋天即将过去了，任凭他一次次说破天来，却依然没能将母亲接进家门。母亲撂给另外俩儿子的话越来越重，她说，如果你两个贼娃子烦我了，嫌我了，就干脆把我送敬老院得了，经济上也用不着你们承担。

她是仗钱撂硬话，却恰巧点中了兄弟们的死穴。包括海佑民在内，他们在城乡两地的日子都已今非昔比，既然是有头有脸，那自然把面子看得很重，哥仨怎么也不能拉下脸将老妈送去吃大锅饭。对海佑民有抵触，是个医不好的旧症，好在兄弟们全明白，就连邻里们都知道问题结症在哪里。后来他们只得让海佑民拿钱，作为对别人代他侍奉老妈的一点补偿。海佑民说行，多少你们说个数，高低我都拿。他大哥说，拿钱只是一种态度，说白了，你不拿钱我们不也照样养活老妈，拿多少，你自个看。

他说行，我每年拿两万补给你们，如果不够，我可以再加。随着老妈的身体每况愈下，他觉得让老人在有生之年到家里来认个门都愈发变得奢侈了。日复一日，他不单承受着自责带来的痛苦，同时还要承受俩孩子的咄咄逼人。儿子不止一次说他是个大骗子，说好的要接奶奶到家里来住，但接到现在，连个影子也没见，还张口闭口教我们做人，你还是先做好自己再说吧。

每当孩子们愤愤不平时，他媳妇也会心存不满地剜上他几眼，在沉重的精神压力之下他的防线最终彻底崩溃，并含泪讲述了那段不堪回首的往事。

听完后，大儿子盯着他的泪眼说，爸！这是真的吗？我怎么就不信呢。小儿子说，我也不信。他擦了把眼泪，转了脸对媳妇说，我知道，你也不信。

他媳妇说，恰恰相反，我信，因为你不是表演艺术家，演不了这样逼真。

然而他最忌惮的还是女人对事情的确认，果不其然，听完后，她的态度立马就反转了，原本温和俏丽的面容也随之扭曲变形。接着便是滂沱暴雨倾泻而下，她这么一带节奏，一家人就没法不相拥而泣。

海佑民理解妻儿此刻的心情，他们在为他而疼痛的同时也是在剜自己的心，但是痛过了呢？他不敢想象事情会演变成什么样子。俩孩子已相继停止了号啕，但他媳妇却还在抽泣，这也无意间丈量出了她生气的程度，依据以往的经验，她哭得时间越长，流的泪越多，就说明她心里的委屈越大。当然，她肯定是在替他委屈，好在他知道她是个坚强又有包容心的女人，只是相应的故事太离奇，太难以接受。在擦干眼泪后他媳妇说，你妈的事你打算咋办？

这一问立刻就让他懵圈了，过去这些年虽说婆媳间鲜有交际，但这锅却不该由自己的女人来背，女人对婆婆的那份尊敬他是能够体会到的，她一直都咱妈咱妈地叫着，可就在刚才她的称呼变了，一下子从棉绒变成了生铁。

他早就预料到会出现这种局面，否则他也不会硬扛这么多年打死都不说。你妈就你妈吧，他不会计较的，但女人的问话他还得回答，他说，那就不接了呗……

停！没等他说下去，女人就接过话茬说，接不接是一回事，管不管又是另一回事，再怎么说那是你亲妈，就算没养的恩还有育的恩呢，所以说，义务咱还是要尽的，那就拿钱吧，两万不够就再加，到他们满意为止。

这话听起来慷慨大方，但又像一把开了刃的软刀子，轻松将他们享受天伦之乐的最后一点希望给割断了。眼瞅着老妈的身体一天不如一天，为此他食不甘味，夜不成眠。就在这时，他大哥突然后打来电话说，今早起来母亲的气色很好，而且提出要上你家里住些日子，刚开始我以为发高烧了，但后来确定是真的，你就准备接人吧。

这的确是个意外。但不管怎样，老妈总算愿意来家里一趟了，哪怕转一圈就走也好，至少算认了个门，等将来到了另一个世界，如果她后悔了，想通了，也好常下来看看儿孙。而且他媳妇听到这消息也很高兴，毕竟婆婆来日无多，就算是用担架抬来，至少也能了却了丈夫的心愿，让他的人生不留或少留遗憾。为了更妥当，他们又驱车到学校分别接了两个孩子，一家人齐刷刷前去，一方面是表示欢迎的诚意，另外有孙辈在，便可降低老妈临时变卦的概率。果然，老妈的精神头比之前好多了，尽管面黄如蜡，瘦骨嶙峋，但目光如炬，精神矍铄，竟没一丝大病后的疲态。她挣扎着坐起来，然后又挣扎着往炕沿边上挪，除穿鞋之外，始终示意不需要别人帮忙。她将一个方布包袱斜挎在左肩上，右肘间紧抱着一个油漆斑驳的小木匣子，在儿女们的记忆中，这木匣可算是历史悠久了，而且老妈将其看得很重，不论走谁家住，都得与匣子同行，从不曾离开过视线。

海佑民住的是一座复式楼的一层和二层，虽说用不着爬高，但进门时他媳妇还是看不过去，她说妈，您这"月光宝盒"还是我先替您抱着吧。

他妈轻哼了一声，顺手便将匣子递给了儿媳，然后自顾自地往楼门走去。这一刻她的腰看上去比以前更弯了，迈步时就像只虾米在眼前吃力地蠕动，但这在海佑民看来已经是个奇迹了，而且这种奇迹立马就把他惊呆了，因为他知道截至今天早上来他家之前，老妈还一直卧床呢，现在看上去还能自主走动，这倒很像是一种幻觉。不过作为儿子，不管老妈认与不认，他依然还是儿子，为确保安全，他本能地想扑上去搀扶，但他的手却被甩开了。这一甩不单意味着拒绝，而且还传递着另一个让他无法承受的结论，那就是老妈宁可冒摔倒的风险也不愿与他拉近关系。那么，她为何又主动提出到家里来住呢？这令他愈发不解。

房间是早就预备好的，当初买房子的时候，他们便将三代同堂的状况考虑到了，为老妈布置了一个向阳的单间，虽闲置了这么多年，好在最终还是等来了它的主人。但是不论他们两口子如何殷勤，如何嘘长问短，老妈始终一言不发，她只对俩孙子热心，并努力对他们的问话作回应。这倒也不是太糟，毕竟这家里还有一丝交流的气氛。将近中午时分，他媳妇赔着笑脸说，妈，你想吃啥我给你做。

连问了几遍都等于问了南墙，没办法，他们只好示意让俩孩子去完成这项任务，但得到的答复是什么都不想吃。全家人一筹莫展。她媳妇焦急地说，老公啊，这样不行的？要不，咱打120吧！

一听说打急救电话，他母亲那双老眼一下就睁圆了，像打开了两盏灯。她试图翻起身靠坐在床头上，只是一番努力之后并没有如愿，最终还是一家人动手才为她摆了个坐姿。尽管完成这样的坐姿大家是出了九成力的，但老妈仍上气不接下气，又一副油尽灯枯的样子。所有人都跟着她屏住呼吸，屋内比夜晚还要安静，墙上悬挂的座头钟的滴答声已达到前所未有的清晰。

老妈的着装仍保持着20世纪80年代以前的格调，虽不是里三层外三层，但至少也有三层。她塞塞窣窣地从最里面那层衣服的兜里掏出一把拴着红绳的钥匙，然后怜惜地摸了摸小木匣，将钥匙放在上面，冲海佑民的大儿子招呼说，乖孙子，你过来。

俩孙子虽还不大懂事，但似乎还是看出了奶奶的言行之中有交代后事的意味，因此他们的情绪也最先受到了触动，便哇哇地哭出声来。老妈先用颤抖的双手抚摸了孩子们的脸，然后一指小木匣说，来，把它抱在手里。

大孙子照做了。她又说，这是奶奶给你们攒下的，不多，不过应该够你们将来上大学的费用，一定要看好它，如果老家那边有人问起这个匣子，就把他们招集齐了再打开，该说的话，奶奶都请人写好了放在里面。

俩孙子一边抽泣，一边懵懂地紧盯着木匣子发呆。老妈却双眼一闭说，都出去，我要休息了。等一家人退出去准备关门时，她又说，给我煮几个荷包蛋吧，我饿了。两口子激动得拥抱了一下。在他们看来，只要老妈睡了他们的床，吃了他们的饭，就算从形式上接纳了他们，特别是海佑民，仿佛自己的身心即刻便有了归属。

三个荷包蛋浸在半碗带葱花的汤里，闻着香气扑鼻，看着能让馋嘴的人更馋。老妈半躺在床头上，似是一口气就将荷包蛋送入腹中，又一口一口把汤喝完，然后打了个饱嗝，捋捋胸口，边往下挪动身子边说，好啊，再啥也不想吃啦，时间到了，你们也休息去吧。

看来问题不大，还能耗一段日子。海佑民媳妇边铺被子边说的话是善意的，她理解自己的男人，老人在这里耗得越久，男人心里的郁结才能散得彻底，而她呢？最起码今晚能安然入睡了。她说，睡吧，能吃三个荷包蛋的老人命在骨头里藏着呢，用不着担心，从明儿起，我要调着样侍候她，用我的真心和诚心，把你们母子这些年遗失的亲情统统给找回来。

海佑民翻了一下身说，嗯。

他大概也就在熟睡了两小时之后猛然惊醒的。一是他心里感觉不踏实，再就是他迫切地想去找老妈说说话，哪怕在她床前坐一坐也行。

因为这样的情景对于正常的母子来说并不新鲜，顶多就是个情景再现罢了，但他不一样，这种人生中该有的美丽拼图在他这儿却一直保持着空白，所以才急于把它填上。但是这一刻，他在推门的力度上倒有些作难，怕手重了把老妈惊醒，又怕手轻了老妈不醒，踌躇了许久，终于才用力把门推开说，妈，是我。

遗憾的是老妈并没有醒，或许她已经醒了，只是不想搭理他，这种局面他倒并不意外，他已有心理准备，今天就打算死皮赖脸一回。

往床沿上一坐，就着窗外照明系统渗进来的那一丝微光，他看到老妈瘦小的身躯已在被子下面缩成了弓形。他说了很多话，大致意思是感恩母亲给予的生命，他愿用全部的爱来报答……

然而这些感天动地的话语却没能感染到母亲，她的身体甚至连一丝轻微的震颤都没有。他知道母亲的心在他面前一直都坚硬无比，但再怎么硬也不至于没反应啊，即便不愿听他的表白，也应该呛他一句或将他轰出去才对。

他突然一惊，心开始怦怦直跳，连叫了几声，老妈仍一动不动。他赶忙打开灯，手忙脚乱地想将老妈的身子平放过来，但他却触摸到一股刺入心尖的冰凉。

他没有惊动家人，孩子还小，他怕吓着他们。他独坐在那里，黯然神伤的同时，将母亲还不太僵硬的四肢放端正，然后独自把眼泪流干。直到天光放亮时他才分别给老家的俩哥哥打了电话，他大哥沉默了一会说，哦，到你家仅一个晚上人就走啦？看来老妈这辈子并没有冤枉你，你可真够要命的。

花　儿

　　杨二魁要卖羊了。这对于丁腊梅来说并不算好消息，她怀疑杨二魁打上了坏注意，想把手脚弄利索一个人到城里混，然后再找上个小的，现在的演艺圈不都那样吗？嗯，你娃想得倒美，你飞了，我咋办？看来现在要治你还真得靠这群羊了，况且，这个事我要是让步那就是天底下最傻的女人。

　　丁腊梅有自己的底线，这个底线就如同给杨二魁的人生划定的杠杠。本来起初进城学花儿她就想反对，但后来她认定二魁没戏，顶多玩上两天，一撞墙也就回头了，可没想到他把事给整大了，还拿了全区花儿大赛的银奖。更要命的是他这棵老枯树又开始贱飕飕地挂果了，约他演出的电话总会不时地打来，就像往人心里打楔子。这还了得，若继续放松缰绳任凭他跑下去，恐怕跑远了想收都收不回来了。因此她铁了心，誓死要保住羊群，她认定有羊在就能拴住男人。再说，她是打心眼里喜欢羊的，当年就是冲杨家有一大群羊才一朵鲜花插进羊圈里。所以面对羊的去留，她态度十分明确，可谓水浇不进油泼不进，二魁各种招都试过了最终都无济于事，就连亲朋好友的劝说也被她一一顶了回去。特别是二魁的表弟玉河挨骂最多。丁腊梅认为，二魁从当初外出折腾到如今做上明星梦都是玉河害的，是他给出的主意，

059

所以，她现在好像只干三件事，吃饭、睡觉、骂玉河，即便是睡觉，她相信在梦里也会骂他，这叫冤有头，债有主。

羊贩子还没来，杨二魁的院子里就已经炸开了锅，丁腊梅的哭声震天响，骂玉河吃饱了撑的，管闲事也不分个轻重，她说，我的家要散了呀！玉河你现在高兴了吧？呜——呜呜。这还不算，紧接着她又搬出老公公来给自己增添底气，哭诉说，哎爹呀！你看见了吗？咱家可是养羊才过上好日子的呀！可咱们的羊就要被败光呀！爹呀！

这招简直太灵了，一下就把二魁给镇住了。想起他爹，二魁还跟丁腊梅一起湿了眼窝。但这次二魁的决心也很大，他就想重新活一回，看看自己的后半生到底能拼出个什么结果。闯好了，咱一家人再过它几年城市生活，至于婆姨顾虑的那些，根本不挨着，至少目前他没那么想过。他现在还剩下最后一颗棋子，那就是娃娃，俩娃都在城里上学，儿子杨帆上大学，女儿杨莹上高中，他们虽小，但是跟长期生活在农村的大人比更能理解这个社会。二魁在电话里吓唬儿子说，赶紧联系你妹妹一起往回走，你妈正寻死觅活呢，现在只有你们俩能救她。

儿子一听就慌了，带着哭腔说，下午才有回家的班车呢，这可咋办呢？

二魁鼓动说，打出租呀，打多少钱，回来爹给你报。

娃们赶回来时，丁腊梅正披头散发地做着最后抵抗。她拿把老沙木椅子，往羊圈门口一坐，想来个一妇当关万夫莫开，还夸张地将一把明晃晃的宰羊刀搭在了脖子上。女儿扑上去要夺刀，丁腊梅将刀来回拉了两下，做出了抹脖子的动作，并警告说，别过来！不然我就死给你们看。

丁腊梅知道俩娃都不是她的救兵，她要是将他们当救星就先打电话了。女儿说，妈！你这是干啥呀！快放下刀，至于吗？这么多人都看着呢。

儿子说，就是嘛，都一把年纪的人了，到底为啥呀？有事难道不能在屋里说吗？还要刀子弄剪子的，不嫌丢人呀？丁腊梅的眼泪哗哗的，她指着儿子和女儿骂道，我把你两个没心肝的东西啊！你爹要败家啦！不要咱们啦！你俩还帮他说话呢，看来这个家真完啦！我不活啦！接着，又把刀来回拉了几下，俩娃吓坏了，扑通一下就双双跪在了地上。

儿子将目光转到他爹身上，质问说，爹！这到底咋回事啊？

杨二魁将学唱花儿的事前前后后尽数讲了一遍，儿子听完也被整蒙了，他两眼直勾勾盯着泪人一样的老妈，像看一个陌生人。丁腊梅知道儿子接下来要帮谁说话，于是她脖子一挺，又将刀柄往上抬了抬，亮出视死如归的姿态来，儿子无奈地说，妈呀！你到底咋想的嘛！这明明是好事啊，俺爹这么有追求，将来一定是要出名的，你还闹个啥嘛！

丁腊梅眼一瞪，头一甩，说，出名！出名能当饭吃吗？滚一边去！

女儿没理会她妈，她双膝跪地还不忘调皮搞怪，冲二魁一抱拳，说，哎呀爹，你可真了不起，女儿太崇拜你了，女儿支持你。

面对孩子的表态，丁腊梅感到了势单，她只能说他们的爹败家败昏了头，可群的羊说卖就卖了，但她不能说男人出去容易拈花惹草，她丢不起这人。可是仅败家这一条又不足以击败二魁，剩下的，她只能撒泼到底。她又夸张地将刀来回拉了几下说，你们都听好了，反正我就是不同意卖羊，羊是杨家的标志，谁动它，我就跟谁拼命！

二魁无语，他顺着墙根往下一蹲，委屈得像个孩子。丁腊梅的表现令人哭笑不得，儿子说，妈呀！你这又何必呢？常言说留人留不住心，你留羊又有啥用呢？况且俺爹是追求新高度，你作为妻子，不支持不成全也就罢了，还在这里百般刁难，欺俺爹老实呀。我就弄不明白，都这么大个人了，你整天到底想啥着呢？

丁腊梅说，哎哟！我咋养了这么个白眼狼呀？

这时候看热闹的人群中有人挤出来当和事佬，劝丁腊梅别再闹了，看把娃跪的，你不心疼呀？说完，便有人往起搀杨帆，杨帆脖子一歪，表示不起来，又去拉杨莹，杨莹说，老妈不放下刀，我就这么跪着，跪死算了！

当所有人的目光再度聚向丁腊梅的时候，却发现她的情绪已像狂风过后的湖面，仅剩些细碎的波纹了。至少，她没再动那把刀子。这也让二魁看到了和解的希望，他说，娃他妈，你先回屋吧？这样娃们也敢起来了。

丁腊梅说，进屋，我可不敢，等我一进屋，羊就紧跟着没了。

二魁说，哪能呢，你刀都架脖子上了，买羊的贩子早被你吓跑了。

丁腊梅也觉得闹够了，尤其她心疼娃娃，也就顺坡下驴进了屋，围观者作鸟兽散了，只留下几个沾亲带故的还在那儿站着，丁腊梅不让他们走，说要为她做个见证，她说，看在你们的面子上，我也就退一步了，既然他姓杨的想做个男人，那我成全他，想闯荡行呢，我姓丁的丫头跟着他，鞍前马后地服侍他，怎样？

二魁苦笑了一下，说，你这不是跟没说一样吗？你跟着我，那庄稼怎么办？羊卖了，地总不能也卖了吧？况且俩娃上学正花钱呢，这样根本就行不通。

这些丁腊梅也是知道的，她只是放不下当前的生活，放不下男人，也舍不得这群羊。在他们家，羊也是重要成员，所扮演的角色无可替代，羊不光能给他们卖钱，还能给他们解闷，这种感觉，没养过羊的人是体会不到的，但是二魁能体会到，因此他理解了丁腊梅，如果这院子里突然没了羊的气味和羊的叫声，他不敢想象生活将会变成什么样子。在起身的瞬间，杨二魁脸颊上已有了淡淡的笑意，他突然感觉内外轻省了很多，像卸下了不该背负的东西，他说算了吧老婆，我不去了，我出去有音乐陪伴，那家里怎么办？我还是放我的羊吧，至于唱花儿，那只是梦想，我一生中所梦到的好事基本上都落空了，也不多这一次。

放下了，也就心安了，杨二魁吃力地笑了笑，对丁腊梅说，对不起，老婆，是我忽略了你的感受，这些天，让你闹心了。丁腊梅在这次纷争中几乎达到完胜，但是当杨二魁以绝对真诚的语气向她表露心迹时，她却有些惭色，始终低头不语，倒像个失败者。

儿子说，你们闹够了，我和杨莹也该想办法返校了，我倒不要紧，可她正在学习的关键阶段，不过老爹，我保证你会后悔的，人生中好机会可不是天天有，三思吧爹，儿子永远支持你！

杨莹也笑眯嘻嘻地说，爹！我也支持你，加油！

儿女态度上的一边倒，让丁腊梅的委屈立马又憋了一肚子，她脸一阴，怒斥道，滚！你两个是不是我生的？天啊！我到底哪里做错了呀？

哎——嗨——哟——绵羊么出滩头往北／冲到这河沿沿上来／河水么再低平川里淌着／把咱的心花儿浇开／鱼划划翻桨浪里头转／急死个打鱼的老汉／大河里涨潮小河里满／使船全靠着顺风的帆哎……

花儿漫过河湾，仿佛将心底里的阴霾扫尽了，驱散了。风平浪静日子杨二魁继续放羊，等进了家门，他就慌忙打开 DVD 播放民族声乐教程，模仿人家在台上的一招一式，也会反复观看自己参赛的视频，看着这些的时候，他感觉很享受，幸福是荡在脸上的，不论怎么说，他都是拿过银奖的人，他的幸福是心满意足的幸福，有这么一回，这辈子他值了。

男人的一举一动都被丁腊梅看在了眼里，但丁腊梅可没有男人那么轻松，她想，我是不是太狭隘了呀？因自己的狭隘而断送男人的希望，这是好女人能做的事情吗？哎哟！随着一声惊呼，她捂着胸口，像是心尖上被锥子锥了一下，很疼。她坐在男人身边，表现出前所未有的温柔，她说，他爹啊，要不你去吧？羊嘛你想卖我也不拦着了，你走了，我在家操心庄稼，不碍事的。

二魁很感动，他知道婆姨刀子嘴豆腐心，她在心疼他。但二魁也想清楚了，即便他真的去城里打拼，顶多也是继续跟老师学习，靠老师在圈子里的影响力和人脉联系演出，有演出固然好，能挣上几个，要是演出不多，像现在这样在半空中吊着不上不下的怎么办？他现在已届中年，可不是一人吃饱了全家不饿的单身汉，两娃还学业未成呢，他不能先顾着自己，于是他抓过婆姨搭在他肩上的手，甜蜜地笑了笑，说，我不去了，我觉得这样也挺好的，等儿子大学毕业了咱再说。

二魁是打定了主意守家，像往常那样漫着花儿放羊，但与他有关联的人却没有跟着他集体沉默，就在一周后老师从青海打来电话，这时候他正好赶羊出圈了，是丁腊梅接的。丁腊梅没说实话，她不敢给老师说二魁已经放弃，她觉得做事留下一定的空间是有必要的。结果，老师让二魁明天就动身去青海，说那里要举办西部花儿汇演，活动的规模肯定很大。尽管二魁目前的人气和声望还没资格参加，但是应该去，去了能认识好多朋友，对他将来的发展有帮助。丁腊梅只犹豫了一下心里便立马转过弯儿来了，她说，行呢，我现在就给他收拾东西，明早保证动身，谢谢老师。

在婆姨的鼓动下二魁还是去了青海，在那里他没有演出机会，只是跟人家搞搞交流，偶尔也作为临时演唱嘉宾到台上秀一下，最大的收获就是结识了好多"花儿"名家，有谱曲的也有演唱的，让他真正开了眼界，也更深地理解和汲取了"花儿"的精髓。他就像吃了夜草的马，在艺术上一下子丰满了许多。等活动一结束，他就被拉进一个团，到牧区流动演出去了。

没有二魁的日子，丁腊梅可谓是身心疲惫，她头扎红围巾，身着花棉袄，将鞭杆和鞭梢合拢了往怀里一抱，手是焐暖和了，可脚却不能停歇，因为她跟二魁没法比，二魁放羊是给羊立下规矩的，羊得跟着他的号令行事，但丁腊梅却正好相反，始终追随着羊的脚步。这个没办法，羊是二魁训的，自然听二魁的，对丁腊梅却表示不屑。尽管这些年丁腊梅甘愿做它们的老妈子，添草饮水、打扫粪便，也算是无微不至了，好像看上去羊们并没有领情。这样一来，丁腊梅受够了，她甚至后悔了，认为当初就不该撺掇二魁走。这事儿原本是怨不得别人，电话是她接的，行李是她备的，但她却咬牙切齿地说，玉河啊！我可被你害苦啦！

幸亏是闲暇的冬春时节，田地里没事儿了，丁腊梅所承受的压力还未达极限。再说，前一阵子她是想通了的，只要杨二魁出了名不忘恩负义，让她做几天牧羊西施倒也没什么。但现在她咬紧牙关快把整个冬天熬没了，河都解冻了，对岸的风也适时地吹来了，吹得她身上暖暖的，可杨二魁呢，就是光听信不见人，焦躁中的丁腊梅越发觉得羊难放了，等到她与羊之间的矛盾一进入白热化，离开的也就只有羊了。

卖卖卖！丁腊梅在电话里连说了三个"卖"字似乎才顺过一口气来，她说，他爹啊，这么多年你是怎么过来的，这下我理解了，这些不会说话不会听话的玩意太难弄了，卖了吧，我是一天也不想放了。

杨二魁说，娃他妈，你先别着急，听我慢慢说。

本来杨二魁想告诉婆姨，卖羊也得把握契机，不是想卖就卖的，如果上赶着卖，那肯定卖不出好价钱。但是丁腊梅为上次阻止卖羊的事儿肠子都悔青了，上次是她心里有想法，认为有羊在，男人就不会走远，但眼下羊倒是在呢，男人却越跑越远了。看得出，她这次很坚决，她说杨二魁，你诚心的是吧？你是想累死我好赶紧找小的对不对？我提醒你，立刻回来卖羊，反正我不会再放它们，到时候饿瘦了更卖不上好价钱，再说，这都打春了，庄稼怎么办？你干脆把我姓丁的丫头一劈两半，一半种地，另一半给你放羊好了！

丁腊梅的嘴跟机关枪似的打连发，根本就不让杨二魁插言，等她说够了，突突够了，杨二魁也自然就没啥说的了。对于羊的去留，再也挑不起争议了，因为谁也没本事将丁腊梅变成三头六臂，因此，生生不息的羊群很快就变成一本存有六万多块钱的折子放进丁腊梅的板箱里。但丁腊梅失落的心并没被这些钱填平，她在羊去圈空的当晚还是哭哑了嗓子。那一晚，她深深地感知了夜的沉静，也领受了内心的空寂。她的魂丢了，让羊给带走了。她一整夜都在琢磨，那些羊会被贩子卖到哪里？它们是活着还是已经被宰了，甚至到了白天，她依然恍惚，有几次还准备赶羊出圈，但到了圈门口才又回过神来，只好对着羊圈发呆，然后又对着东边的河滩发呆，试图再看一眼像云朵一样的它们。再加上杨二魁无羊一身轻，他总算彻底解脱成甩手掌柜的。只是对丁腊梅而言却雪上加霜，她成了傻婆姨想汉子越想越没影了。

这是最难熬的一段时间，丁腊梅仿佛是离婚丢孩子，两头受折磨，她快要疯了。她无法控制自己的情绪或者让思念变得淡一些，于是，她又开始怀疑自己，认为当初从一开始就不该放杨二魁出去瞎闯荡。她从前到后捋了好多遍，事情的始末已非常清楚，都是杨家亲戚们蛊惑的，记得玉河还曾大言不惭地质问过她，说什么人这一辈子，满打满算就那么多天，难道你真想让我哥放一辈子羊吗？我呸！你这个看热闹不嫌事大的东西，歌星那么好当你咋不去呢？所以她才不管玉河是否睡下，或者两口子正在兴头上，只要她夜里睡不着，就会疯狂地敲开玉河家的门，让他做保证，保证二魁在外面不胡来，不找小的。玉河一筹莫展，他知道那种事在如今这个社会没人能够保证，但他还得让丁腊梅放心，不然他往后恐怕连安稳觉都别想睡。他说二嫂啊，你一天到晚都想啥着呢？二哥是那种人吗？他一个四十多岁的乡巴佬还能感动谁呀？我看除过你还把他当个宝，别人爱他，凭啥呀？他有钱吗？长得帅吗？放心吧二嫂，就算二哥将来能变成高速列车也不打紧，因为有你把着方向，他永远出不了轨。

丁腊梅像只雌性杜鹃，脖子一歪，盯死了玉河不放，玉河也脸不发红心不跳，用装出来的淡定抵御火辣辣的目光。大概是丁腊梅瞪累了，她把脖子往直了一挺说，你确定，他不会在外面打羔？"打羔"是这里的方言，单指羊的交配，丁腊梅把它用在自家男人身上了，可见她情绪糟透了。

玉河说，那不会，绝对不会，行了，你尽管把心装肚子里吧，该吃的吃，该喝的喝，吃饱喝足了，再睡到自然醒，这可是美容的最佳方法，多好啊。

丁腊梅一听，又摆出雌性杜鹃的架势，脖子一歪说，玉河，这可是你说的，那你给我记住，如果将来有一天杨二魁坏了良心，你可别怪二嫂心狠，我会像阉公羊那样，先把你给阉了。丁腊梅说这话的时候还做了个动刀的手势。

玉河打了个激灵，强调说，有我啥事嘛！

丁腊梅说，咋没有？白杨树是你栽的，黑老乌是你惹的，要不是你的反动宣传，杨二魁还乖乖放羊呢。

玉河那个冤啊。丁腊梅一走，他就扇了自己的嘴巴子，一边扇一边问，还多事不？啪啪！他媳妇自始至终都没说一句话，她知道自己男人的脾气，他宁可自己委屈，也不愿呛着别人，因此她不敢说话。等玉河扇完耳光，她才白了一眼说，哼！你就等着当太监吧。

杨二魁在城里远没有丁腊梅想得那么轻松，他是苦撑着的，与所有刚起步的艺漂们一样，老想走得快却不知捷径在哪儿，好在有老师罩着，他还算饿不着。老师很理解他，知道他心里急，正好朋友名下有个小型民族歌舞团，就将他推荐过去，与那边的女演员搭档二重唱。别看他演出过很多场，但那都是临时搭建的草台班子，跟个聚会似的站起来就唱，并不讲什么规矩。等进了剧团，才让他深切体会到一山更比一山高，走进演艺圈容易，融入演艺圈难，在这个庞杂的体系里，他愈加迷茫了，从里到外似乎只认识搭档一个人。幸亏女搭档心地善良，也给了他很多帮助。从他俩一登台开始，人家就没少为他操心，要没有人家的包容和耐心点拨，恐怕他现在还依旧迈不开步子。人生就是这样，舞台变大了，心也要跟着变大。在这个过程中，需有人鼓励和鞭策，否则他不可能从一上台就紧张到腿抽筋的"花儿吼吼"磨炼成心理素质过硬的民歌手。

杨二魁走了。在剧团的熏陶下，在女搭档的爱心激励下，他的翅膀终于硬了，翅膀一硬，便看到了更广阔的天空。他要带着女搭档到北京去参加综艺选秀了。尽管丁腊梅哭天抹泪地阻挠，但他还是要走。丁腊梅说，要去行，我跟你去，那女的就算了。杨二魁说，她是去给我助演的，你去算啥？好好在家操心庄稼吧。

动身那天，老师带所有弟子们去火车站为二魁送行，丁腊梅就挤在他们中间。本该有惜别场景的，但她什么也没说，她甚至连挥手的力气也没了，就那么眼巴巴看着他们走进了候车室。这气氛太伤人了，一下子就将她二十多年堆积起来的自信击了个粉碎。她原本是一根好缰绳，却最终没拴住杨二魁。但此刻她没哭，她一直忍着，只有忍着，才能保留住心底里那一份坚强。当她回到家推开院门的时候，迎接她的是前所未有的空旷。屋里是空的，羊圈是空的，心也是空的。估计站在当院喊一声就会招来一连串的回音。她明白了，她的幸福已跟着羊群遗失了。她没有勇气进屋，也担心进去了会哭，一哭就不再是丁腊梅了。她从圈墙的裂缝中找到了那把宰羊刀，试了试刀口感觉仍锋利如初。也不知怎的，此时一想到每年都有好几只小公羊被她剖开睾丸，摘掉蛋蛋，她就有一丝兴奋，接下来，她带着一副坏笑默默地走出了院子。

张倌的心愿

　　唯独钓鱼时，张倌才具备上等猎手的风范——镇定而临乱不惊。只要往马扎上一坐，黄黑相间的草帽，黄黑相间的雨披，还有那条忠实的黄狗阿力都会雷打不动，远远望去，活像黄泥堆起的两个土堆。

　　虽说张倌有超强的耐性，但如果鱼在一个时辰内还不咬钩他也会心烦。可话又说回来，毕竟是河边上长大的人，在娘胎里就念过鱼经，他心里清楚，鱼是一拨一拨的，说不定哪一时就会光顾这里，所以，他从不喜欢挪窝儿。

　　一旦心里急，他会像半睡半醒的树懒一样，轻轻地，似动非动地挪一下身子，以便掏出烟和火柴。每当点烟时，那双鹰眼才会离开沟心的浮漂，不过不打紧，有爱犬阿力替他盯着，如果鱼在此刻咬钩，浮漂一动，阿力便会汪汪地叫两声，提醒他干正事儿。

　　今天他刚点上烟，猛吸了两口，抬头的瞬间便看到沟那边的水田里，安子媳妇巧英正在薅稻子。巧英很细心，做活时从不左顾右盼。她反过来折过去，一趟又一趟，从不看张倌一眼，或者她根本就不认为有人在那边钓鱼，那只是两个土堆罢了。就算她真的看到了，也不会在脑海中将这信息储存一秒钟，因为张倌钓鱼没啥新鲜的，他常年四季大多数时间都这样。

巧英对这边的主"仆"二人不屑一顾，可张倌的眼珠子飞出去就再没收回来。看着那副标致的身子以及身上漂亮的穿着，他心里赞叹不已——碎方格短袖上衣，七分裤，啧啧！干水田连卷裤腿抹袖子都省了。他这里做梦变蝴蝶，想入非非，两只蜻蜓却落在竿头上，弄得鱼竿的软梢子忽闪忽闪的。阿力看得心急，便"汪汪"叫了两声。蜻蜓没理它，心里说吓唬谁呀？一个水里一个岸上，再说你会飞吗？两只蜻蜓扬扬自得，挑衅地嘲笑它。阿力气坏了，一下子翻起身，冲到沟边上连扑带喊。那边的巧英还以为狗在冲她咬，抬起头怒视了一眼，好像是生气了，张倌命令道："阿力，闭嘴！"

阿力很委屈，它觉得伤了自尊，甩了甩头，直看着两只蜻蜓欢快地离开。

今天张倌似乎变成另一个人，整整一个上午，他的眼睛并没太多地停留在鱼漂上，时不时有鱼咬钩，浮漂急切地动起来，阿力便轻哼一声，看张倌依旧沉醉，它十分为难，不知应该喊他，还是不该喊他，总之，它不想自讨没趣。

影子在身后形成了一条直线，张倌觉得到时候了，如今，他可是鸟枪换炮装备精良。他打开一把大型的遮阳伞插在马扎旁边，看上游和下游，只有他一人这么气派，心里喜滋滋的。

一切就绪后，张倌舒舒服服地坐稳当，便召唤一声："阿力，过来。"

阿力会意，扑棱棱甩甩耳朵，也即刻钻入伞下，当张倌抬起头再度去捕捉对岸的目标时，巧英已收工回家了。

丢了那道风景，张倌的目光定格在空无一物的田野里，便立马感觉到，眼前的色调是极度单纯的白，仿佛连绿油油的秧苗也一同消失了。他暗自嘀咕："走也不打个招呼。"可转念又一想，凭啥么？人家是美女，你张倌是谁呀？

张倌是谁？是啊，每当想到这个问题，他都会自惭形秽，像钻在别人裤裆里一样屈辱。自从摊上这名号，总觉得自己这本身就不健全的身形便一寸一寸地矮了下去。

他本名叫赵子龙，是他爹当年看央视播放的连续剧给取下的。看着那员勇冠三军的白袍常山将，再端详自己五十岁上才捣鼓出来的拉秧蛋子，老赵心想：就是他了，这名字好，大气，能震慑人呢，威风！

真可谓期望越高，失望也就越大。等赵子龙长到蹒跚学步时，才发现娃的腿脚有问题。四处寻医问药最终也没个结果，之后的日子里，便再也不敢理直气壮地呼喊儿子了。每当那个硬铮铮的名字吐到嘴边儿时，就像是一根鱼骨头卡住了喉咙，立马憋红了脸。

慢慢地，喊这名字的伙伴也越发稀少，后来连他自己也觉着拥有这名字是多么的荒唐可笑。

听不见别人叫，他爹倒比他还高兴，如同偿还了一笔旧债那样轻松。只是没过多久，好事者便乘虚而入，将另一个名字——张倌硬扣在他头上，像紧箍咒一样，越勒越紧，甩也甩不掉。

提起这个名号，那可是有来头的，得追溯到解放初期。那时庄子上逃过来一个外地人，懂医术，会正骨，因曾在旧军队里做过军医，还丢了一条腿，故称之张医倌。

张医倌后半生的命运非常凄惨，无妻室子嗣，空有一身本事却无处施展，成天萎缩邋遢，蓬头垢面，最后还饿死在牛棚里。正因为这样，人们才觉得他是世上最窝囊的人，他的故事也很自然地流传下来。慢慢的，瘸张倌这名号也就成了窝囊废的代称。当有人想贬低对方时，便会说："你窝囊得跟个瘸张倌似的。"

张倌虽然被人踩在脚底下看不起，但话又说回来，此一时彼一时，他最近就干了一件大事儿。不但让村长占东丢尽了脸面，而且还丢了贵重的乌纱帽。

想到这次辉煌的胜利，张倌的心里也渐渐地舒缓了许多，平静了许多。也使他那虾米一样弯曲的腰杆稍稍地挺直了些。

这一刻，尽管没了巧英那副撩人的身影，但他想：这样也好，看着人家的麦垛，自己照样挨饿，钓上鱼才是硬道理。

张倌的成果逐渐地丰硕起来了，他好像遇上了鲫鱼群，个儿虽都不大，但数量可观，搞得一时手忙脚乱喘不过气来。他将三两以上的鱼装进笼子里，剩下的小鱼就赏给阿力品尝。

本来狗与猫之间是天生的死对头，猫喜欢吃的东西狗并不太喜欢，但是阿力却不这么认为，它觉得主人喜欢吃，那就是好东西，它跟着张倌也慢慢地迷上这道菜了。

张倌的鱼竿挑起放下，约两个时辰的工夫，就有四十多条野生鲫鱼进账，还不算阿力吃掉的那些。他心里十分得意，钓鱼嘛，无论用什么方法，但道理都一样的，三天苦，一时补。

不过，在钓鱼这方面他可不是轻易满足的人，他想再熬一会儿，既扩大了战果，又能等巧英回来。

不多一会儿，阿力率先听到了摩托车的声音，它忽地抬起头，向远处望去。张倌也跟随阿力的目光，才发现是刚被罢免的村长占东和他的爱犬明博。

明博浑身乌黑，只有四只蹄子是白的，跟一九四九年以前的警察很像。提起它，村里人都知道，那可不简单，跟着主人南北通吃，这些年几乎是村长吃啥它吃啥。每次占东在外应酬，最后总要将桌上的剩肉一扫而光，由于那些东西都零星地沾了酒气，现在肉里没酒味这条狗都无法下咽了。

占东酷爱钓鱼的程度绝不亚于张倌，只是他喜欢在塘里钓，若能忙里偷闲，总是要过下垂钓瘾的。

他的爵士400是款进口的摩托跑车，听说很昂贵，快赶上一辆轿车了。不过，占东却说："只有这样，才与其身份相匹配。"

在东台村这帮钓爷中，张倌是动身最早的。由于腿脚不太灵便，他总是起个大早，赶个晚集，让后来者将好地儿占了。尽管这样，他还是一如既往，日复一日地出现在沟沿上。

在张倌眼里，占东与他的黑狗就是两粒揉不掉、磨不碎的沙子，是挥之不去的痛。不论他早起或晚起，人家总会在半道上轰隆隆地超过去，带出一路阴风，留下浓浓的灰尘，也算是另类的招呼方式。等尘埃落定，泪眼迷蒙的他却再也看不见前面一人一狗的影子。其实，这时候，占东已端坐在鱼塘的凉棚下了。

说话间，在离张倌二十米的地方，占东停下车开始撒窝子，黑狗明博却直挺挺地冲过来。它看到阿力正在吃小鱼，心里就不是滋味，它和它的主人一样，强吃强占惯了，顷刻间便和阿力咬作一团。

张倌想，这狗是挺悲哀的，过去是过去，现在是现在，乾坤倒转了它大概还不知道吧？或许它知道，只是硬撑着，可怜的狗。

想到这儿，张倌觉得还是算了吧，让人一步自己宽，给人一口自己满，于是他喊道："阿力！过来。"

阿力是个从不服输的家伙，争强好胜惯了，它将几只小鱼聚拢踩在脚下，一点也不让步。张倌知道阿力的脾气，于是又喊了一遍："阿力，回来！"

阿力不情愿地回过头，但一口气好像仍憋着。它连哼着转了几圈，最终还是执行了命令。

明博三下五除二地将几只小鱼收入腹中，但仍旧不愿离开，用乞求的目光盯住张倌手上的鱼竿，只要往上一提，它的头也会跟着上仰，看来它是真的饿了。若非饿急了，它怎么会放下架子吃别人的剩饭。况且，它才不愿吃猫菜谱上的东西，可眼下不是那啥吗？

张倌一看，这狗咋会这样，一点也不懂得含蓄，像它的主人，太贪了，不要脸的狗!

就在这时，他钓上一条鱼来，看不够三两重，感觉很为难。这本来是阿力的午餐，现在却有了争嘴的，它也吃不安生啊。

可又一想，小鱼也是会长大的，咱不能吃了今天不管明天。他啪地一扬手，小鲫鱼的身体在半空中挺出一个漂亮的弓形，重新落回沟里，又在水面上画了一个圈，然后对张倌笑笑，才欢快地游走了。

黑狗明博一看可急坏了，它哼哼叽叽直转圈子，又不能说什么，这毕竟不是它的主人。

占东在那边已经撒好了窝子，剩下的就只有等待了。他坐下点支烟，一边抽一边喝冰水。虽然正午已过，但气温依旧很高，太阳毒得使他无法抬头。他瞄一眼张倌这边，心里那个气呀，还青罗伞盖的，你是皇上啊？呸! 神气什么! 讨吃坐在磨盘上，牌子还要圆了。

这样骂着，就看张倌将鱼摘下来再次扔进水里，他顿时恨得牙根痒，但还是忍了，扔吧，扔吧，爷就当没看见。

占东装作视而不见，但他的明博却仍在目睹一切，它急得两只爪子抠在土里，涎水淌了一地。等张倌再度重复那个动作时，明博已忍无可忍，它彻底地失去了理智，腾的一下跃向张倌的后背。

这瞬间的突变张倌丝毫没有意识到，惊恐中紧抓着的鱼竿也意外地脱了手。前有深沟后有狗，看上去，张倌吃亏是铁定的了。

张倌无力逃脱，但阿力却不会无动于衷，它的勇猛是出了名的，一般的狗都会闻风丧胆，绝不敢主动去招惹它，但是占东家的明博就敢，它敢不是它真的能和阿力有一拼，而是每当狭路相逢一决高下时，张倌都摄于村长的威严及时地制止了阿力，时间长了，次数多了，黑狗明博便误以为阿力怕自己，故不把它放在眼里。

张倌身形萎缩，性格软弱，提起来一条，放下去一堆，从小到大，受够了同伴的欺凌。自从有了阿力在身边，别说有人再敢打他，就是表情不对，阿力也会盯着看半天。要说狗仗人势那是自然，可张倌仗着阿力的名气，他才敢像别人一样抬头走路，大声说话。

就在明博扑向张倌的一刹那，它没料到阿力会快如闪电般横在面前，只一个照面下来，明博的右耳被撕破三分之二，往下耷拉着，鲜血淅淅沥沥洒了一路。

它躲在主人身后痛苦地悲鸣，占东心都碎了，看上去，比伤害了他儿子老婆还要心疼。这不是虎落平阳吗？连这个有名无姓的瘸驴也敢怂恿他的狗咬伤我的狗……不就是我刚下台吗？这前后的差距咋就这么大呢？这些天他算是领教了，全是小人，过去见老子点头哈腰的，现在都开始装大爷了。

早饭后，占东曾兴致勃勃地去了几个鱼塘，他想钓几条大鱼回去，加个菜，同时还能照顾一下明博。这若在从前简单得就一句话的事儿，可现在不行了，那些人在承包鱼塘时都曾沾过他的光，眼下却一个个全躲了，把女人使出来应付他，结果呢，都无一例外地拒绝了他。

占东气急败坏，羞愧难当，一路上便不断感叹世风日下，人心不古，就算没了村长的官衔，也不至于吧？瘦死的骆驼还比马大呢。

占东抱着明博，心痛得咬牙切齿，直喘粗气。暗骂道：讨吃货，不知天高地厚的东西，我今天若败在你手里，日后还怎么在村子里混。他慢慢放开明博，气咻咻地向张倌扑来。

张倌稳坐钓鱼台，所有的精力仍集中在浮漂上，好像一切都不曾发生。他这样出人意料的镇定，反而让来势汹汹的占东措手不及。他在张倌身后两米处停下来，像看一个怪物一样看他的一举一动。就见张倌漫不经心地一抬手，钓起一条鱼来，摘下一看，太小，又一扬手，鲫鱼在空中几个侧翻后，白花花像一块银屑啪地落入水中。此刻，占东才真正明白了刚才明博的反常，它受的刺激太大了，这行为太可恶、太恶心了，谁能受得了？看张倌继续拿背对着他，熟视无睹的样子，占东想猛一脚将他踹进沟里，让他饱饱地喝顿水，也让他记住，到什么时候，凤凰还是凤凰、鸡还是鸡。

就在占东鼓足劲准备偷袭时，阿力"汪"地叫了一声，这既算是提醒，也算是警告。占东一惊，下意识地退后一步。他心里直纳闷：这狗不会是成精了吧？连我准备做啥它都知道，还好，幸亏没动手，若不然，又跟明博一个下场。

但是想归想，要真正让占东像他的狗那样落荒而逃，可比杀了他还难受。有阿力在场，他不得不放弃武力解决的初衷，但不等于放弃他的尊严。他又瞄了一眼阿力，见对方正拭目以待。他又往后退了一步，想抬手质问张倌，但立刻意识到这样做很危险，又赶紧收回来，但嘴上却问："你说吧，咋办？"

张倌这才一回头，反问道："啥咋办？"

占东一听更生气了，噢，和着半天我站在这儿，人家压根就没当回事儿？他骂道："咋，你腿瘸了难道心也死了？别在我面前装，你的死狗刚才干了啥，你不会说你没看见吧？"

张倌一被干扰，结果放了回空漂，鱼饵被吃光了，他收回线，又重新穿上蚯蚓，再次放进水里，这才慢吞吞地说："那是它们之间的事，难道因为它们，咱俩也打一架吗？"

占东说："啥时候轮着你这样讲话了？还没变天呢。我跟你打架？你也配！若不是仗着狗，你敢说个打字吗？就算是打，也是你挨打，快说吧，怎样赔偿我的明博？"

张倌辩解道："凭啥让我赔，是它先跑来挑衅的，那怪谁？"

占东这下火更大了："唉！你这瘸驴，越来越有样了啊，是明博先跑过来的，咋了，这沟是你家开的吗？再说了，不就几个小毛鱼吗？你钓也钓了，干吗要扔回去，大不了我等会还你不行吗？我看啊，你比韩信还短呢？"

张倌被骂急了，一下站起身来，冷笑道："哼！你这话算是说对了，比韩信短的人有，断子绝孙的人也有，但不是我。再说了，几条小鱼没什么的，你要招人待见，就是笼子里的大鱼也可以给你。"

占东反唇相讥："我咋不招人待见了，不就是我把纸厂搬来咱村吗？真是好心没好报啊。你们这些个瞎猪眼咋能看出其中的商机呢？首先是咱村可以高价出租土地，还可以解决剩余劳动力，这是打灯笼也难找的好事啊，结果被你们几个目光短浅的人给搅黄了，还串通一气罢了老子的村长。听说你还威胁过人家纸厂的老板，说如果厂子搬来，你就放火烧掉草场。你说，全村那么多能人，蹦得高的，跑得快的，随手拉出哪个都比你强，我就不明白，这里有你啥事啊？"

占东满嘴的唾沫星子，张倌一看，这样他讲到晚上也不会停，忙举手制止："够了，村长大人，你别以为我说放火是虚张声势威胁人。我承认，这村里人个个都比我强。但是，其中任何一个人说去放火，人家都会摇头的，而说我放火却没人怀疑，你知道这是为什么吗？"他顿了顿说，"因为我命贱，全村数我的命最不值钱，也就你们常说的死猪不怕开水烫，死狗不怕狼来叼。像我这样的人，多活一天也是糟蹋粮食，还不如给子孙后代争下点干净的土地。"

张倌激动地说着，眼里盈着泪花，他边收拾渔具边用颤抖的声音继续说："你光看见了眼前的那点利益，还有自己的私欲，却不想想他们图咱什么？"他又顿了一下说："图咱这条沟排污水呢，我的大老爷，这可是咱两个村之间夹着的一条干净沟啊！"

尽管张倌有些激动，但每句话都说在理上。这一刻，强势的占东倒变得理屈词穷。张倌抬起手臂，往东一指说："你闭上眼睛回想一下，在咱小的时候，沟那边是什么？是湖连着湖，滩连着滩啊，到秋后水一退，想吃鱼去抓就是了，现在都变成稻田了，咱也从抓鱼吃变成买鱼吃了，再这么折腾下去，咱娃们会变成没鱼吃的，你想过没有？"

张倌扛起大伞和鱼竿，一瘸一拐地往回走，只留下一路絮絮叨叨的声音，最终也没听清他后头到底说了些什么。

看着斜阳下逐渐拉长的影子，占东觉得内心空空，在被张倌彻底骂醒的一刻，更觉得对不住他爹给取下的名字。

在这古老的东台村，他已是翻云覆雨风光无限了，金钱、地位，该占不该占的他都占了，可眼下却是个真正意义上的穷人。他甚至连张倌的那点见识都没有，他才是名副其实的张倌。

在不经意间，也是平生第一次，占东感到了自己的渺小和丑陋。此刻，他尽管无法看清自己面部因痛苦而扭曲的表情，但是脑海中，他曾经欺负、戏耍张倌的场景却历历在目。

在一阵悔恨与自责过后，他冲着张倌那渐行渐远的背影，毫不掩饰的一声犀利："子——龙——"

操　心

　　白操心是李宽的外号，他将这个外号从乡下带到了城里，始终没舍得丢。

　　在乡下时，李宽像得了怪病的样子，见什么都叨叨两句，总因为操闲心而招人烦。没有人能说清他到底想什么，反正邻里间包括张猫李狗的一应琐事，他一直都那么上心。有时候，他看见一对夫妻在地里劳作时，也会顺口说，当心啊！下苦的女人老得快！从这点上看，李宽明显矫情了，但是李宽一矫情，女人们心里就扑腾，还会叫他宽哥。在女人眼里，李宽这种人才是真爷们儿。不过，男人们早都烦透了，认为他就是吃饱了撑的，到处操闲心别人还不领情，那不是白操心吗？

　　好在，李宽就要走了。尽管他不想走，他从来没认为到哪里会比在老家这地方服水土。在老家，他没当官，但照样管天管地管空气。他的话有时候比村长的话好使，是因为他操心不图回报。他顶多就希望乡亲们夸上两句或竖竖大拇指，好像就这点小要求也很少有人满足他。那些敬他的女人除外。

　　土地流转后，李宽和其他人一样，心理上落差很大。他不但无事可做，就连操闲心都似乎找不到闲人，于是便带着老婆杏芳，还有他响亮的外号，进城陪女儿读中学去了。对于村庄而言，他的离开究竟能带走什么或留下什么，这问题太过深刻，村里的老少爷们不善思考，自然就无法说清。唯一被他们感念的，怕就是从今往后，路面上的水坑不再有人填了，桥面上的破洞也不再有人补了。至于其他的芝麻绿豆大的小事，他操不操心都没人在乎的。

走之前，李宽下了最后一次地，也让他收获了无尽的感伤。他想，进城的事儿肯定还有人不知道呢，如果碰上，正好跟他们道个别，也顺便跟自己的十三亩薄地道个别。他深信，侍弄了这么多年的地一定是通人性的，别让承包人给种生了，将来不认人。

农历的三月，地才刚刚醒。不过以往这个时候，大家都开始忙碌了，只是今年还迟迟没动。李宽越走，感觉心里越打怵，一路穿行过来，竟连个搭话的也没碰上，他发现，地里压根就没有人。没有人的地里很空，就像没了思想的脑袋，这让李宽更加失落，他站在自家一块地的中间，将眼泪也流在了地的中间，这时候，才陡然想起，土地流转后，人们就不再下地了。李宽将身子转了一整圈，目光扫过整个田地之后便开始自言自语。他说地啊，看来只有你是忠诚的、可信的，属于谁就永远属于谁，其他人再能干也只能租着种几年，但他永远搬不走。

面对土地，李宽感到了惭愧，尽管他有操不尽的闲心，但最终却改变不了自己的土地被别人操心的命运。而他离开了土地，还得去半生不熟的城里另谋生路。

等进了城，李宽操心操得少了些，城里没乡下那么清闲，也没那么多时间让他想入非非。为了生计，他买了辆货箱车，并注册了一家小公司，经营菜苗收购与销售。货箱车一身多职，既是公司地址，又负责公司的日常运营。杏芳每天操持家务，操心女儿。他呢，还是忙着好，只要一闲下来，就总犯老毛病，或许操闲心是他的习惯，也是他的命，就像身上长的瘊子，看似多余，但割了会疼。

城里不同于乡下。在乡下，尽管他总是操心操过头，但大家彼此是多年的邻里，怎么说，也得给个适当的台阶让他下。城里却不一样，就算他操的都是好心，人家也会起疑，大多会认为他没事找事。李宽似乎明白了，别看乡亲们平时对他的举动不言不语，也不太念他的好，其实，他们一直都在包容他，这已经足够了。两相一比，李宽便开始为冰冷的城市纠结。他常将操心不被理解看作烧香找不见寺门。现在，他已经下定决心，要彻底转变思路，他觉得之前小打小闹的做法既不高明也不符合城里的生态，要操心，那就得放宽眼界，不能老盯着小地方，必须得搞出名堂来让人瞧瞧。为这，他在等待中熬煎了好一段日子，其间，也有些不疼不痒的小动作，但始终没忘了内心所确立的大目标。

现在，他终于有了灵感，他觉得县城东街不错，这地方外来人口多，尤其篮球场，到下午三点一过，就会有操着各种口音的男人陆续到来，年龄从十几岁到五六十岁的都有。大家相互间不认识，没关系，认识篮球就行。看到这种景象，李宽很欣慰，他想，篮球真是个好东西呀，它的魅力就在于能让素昧平生的人玩在一块儿，而且玩得尽兴，玩得开心。不像麻将那东西，一跟钱沾边，就越玩越没劲，越玩越生分。或许篮球是圆的，麻将是方的，"方则止，圆则行"，这更符合中国人的文化心态。李宽觉得，他能被篮球吸引，同时被篮球感动，就不能不为篮球做点什么。思来想去，他认为这里缺一项赛事，这个，得操心一下了。

李宽虽名不见经传，但有自己做事的风格与原则，归纳起来，就是说一不二。既然已放出了风声，那就得跟着风儿跑。21世纪人们缺啥？当然是一缺诚信、二缺健康了，对城市居民而言，有时候健康似乎显得比诚信重要，那么健身也就更为重要了。所以，他打着全民健身的牌子，很快将声势造足了。参与者来自哪里并不是问题，关键是大家能一呼百应，在这件事情上都有积极的态度。他们很快根据自己的人际圈组建起球队，并找李宽报了名。再加上周边居民高涨的热情，也确实给李宽一分安慰，一分信心。李宽一高兴，连名字都起好了，就叫李宽杯职工篮球运动会。接下来，也就是张贴海报的事了，这个好办，帮忙的人手还是有的，只是一看这海报的内容，大家便瞪大眼睛纷纷提出了异议，这是什么呀？还要每个队交五百元的参赛费，这不是劳民伤财吗？就是嘛，这样搞怎么行，我们实在闲得难受，还不如把自己家的土坯抱河里洗呢。

李宽被质疑被调侃，也只能苦笑，他知道高估了这些人。说高估了别人，还不如说高估了自己。所以，他不怪他们，要怪，还得怪这个时代，时代不同了，做事情不跟物质挂钩，能行吗？看那些著名运动员吧，说是为国争光，可一旦取得好成绩，巨额奖金还是必须的。奖金怎么了，它起码能树立胜者的高度，能体现人的价值呢。看来，自己的筹划是有问题的，既脱离现实，也太过天真，不具备可操作性，同时也忽略了精神层面与物质之间的关系。参赛者都是普通人，打工者，在球场上挥洒汗水，不图个输赢，还拼啥呢？然而，输赢自然是以物质来体现了。李宽羞惭至极，一咬牙，大笔一挥，将海报改了，添加上奖金方面的内容。

这样，看似万事俱备，其实问题才刚刚暴露。钱呢，承诺已登上海报，压力却留在了自己肩上，逼得李宽一整夜没合眼。第二天凌晨，他老早就起来在球场边踱步，更像是在黑暗中寻找黎明，寻找解困的方法，不然，他的人生必将会遭遇失信之后的尴尬，按这边的俗称，就是羞一回先人或丢一回祖宗的脸。这时候，曾一度号称东街之王的李全智也来了。李全智是教会李宽打篮球的人，单从外号上看，他就比李宽有深度，有分量，早在十多年前，他就是城边上的村干部，主管城乡结合部，退休后，又不想无所事事推太阳下山，说实话，他吆五喝六惯了，不做点啥，浑身都会不舒服。于是，他开始热衷于管闲事，见什么管什么，但他与李宽不同，他说话有足够的底气，是因为现在的县城东街，本就是曾经的城乡结合部，属李全智经营过多年的老地盘。从人脉上讲，他仍是东街之王，单凭这一点，他就敢亮嗓门，就敢任性。但李全智管闲事，其想法与李宽操闲心又截然不同，李宽是习惯成自然，李全智却为了延续影响力出来"秀肌肉"。

现在，李全智已六十岁出头了。尽管还患有糖尿病，但他仍没有离开球场。他担任篮球协会会长，偶尔也搞搞篮球赛事，但搞是搞，李全智却不像李宽那样盲目，他是不见兔子不撒鹰的，要不来钱，绝不会赶鸭子上架。与李宽比，李全智的优势很明显，首先在场面上他能找见人，能说上话，最差也是个请客吃饭，点头下腰讨赏钱。要不来钱，连李全智都感到累，更别说毫无背景的李宽了。这些年，李全智总是在球场上发牢骚，说要几个钱腿都快跑细了呢，怎么看，都像是比挣钱还难。图啥呢，总拿热脸贴人家冷屁股，贴多了脸会肿的。李全智身心俱疲，加上血糖高，身体一亮红灯，便不再争着抢着管闲事，他的人生，也算是默默地谢幕了。连东街之王李全智都没做到有始有终，看来，这城里的闲事还真不好管。

其实，李宽搞这么大动静李全智当然听说了。起先，他也是为李宽捏把汗的。可后来他觉得世间的事，鸡有鸡路，鸭有鸭路，有可能李宽从什么渠道要上钱了呢。但细细一想，这个似乎也不大可能，就算机关作风再怎么转变，也不等于政府的钱谁想要就要，到什么时候，规矩还是要讲的。为这事儿，李全智心里又打了个结，他思前想后，仍陷于矛盾当中，既期待李宽搞到资金完成这次赛事，又担心李宽有了硬路子，风头与影响力胜过自己。所以，他今天早起，就为了见李宽，想寻个真相。现在，天还没全亮，加上李全智眼神不太好，在热身时竟一头撞在李宽怀里。二人边跑步边聊，李全智说，厉害啊，年轻人就是出手不凡啊，一干就是大手笔，连我这老油条也得刮目相看了，说说吧，是怎么要上钱的？

李宽心里一沉，暗自思忖，到底姜还是老的辣，睡着都比咱醒着强，看来，我现在为资金的事一筹莫展他应该知道了。他一定在暗自嘲笑我吧？这点李宽能接受，因为他心里的那把尺子早就度量清楚了，他与李全智，从来就没在一个档次上，而且，李全智还高出他一大截。于是，李宽叹口气，无奈地说，要钱，找谁要啊？也不怕你笑话，我现在磕头还找不着方向呢，这事儿落到如今这地步全怪我，我太嫩了，把问题想的过于简单了。本以为能号召大家共同参与，共同出钱，出力搞活动，共同娱乐一下，以达到普及全民健身运动的初衷，没想到，这完全行不通。李宽这样说，倒有些堂而皇之了，其实连他自己也没弄明白做事的出发点究竟在哪里，只是做惯了，一路刹不住车。

两个人沿球场跑热了，便坐在场边的条椅上喘口气。李宽说，看来，不论到什么年代都一样，没钱能难倒英雄汉呢。

李全智的内心找到了平衡，又开始同情李宽，也被李宽的执着所感动，但单靠同情与感动仍解决不了问题。他说，你这事确实办得盲目了些，好在还没到山穷水尽的地步，其实，在任何情况下大家的事也就是公家的事。这样吧，你去找找街道办事处，看他们能否有资金支持。过去我搞运动会，都是事先在街道办事处争取到资金，然后才开始行动。当然，这个钱不好要，得豁出脸才行。你呀，太性急了，八字没见一撇就把海报贴出去了。

人在事中迷，单怕有人提。不管怎么说，李宽都感谢李全智，因为街道办秦主任他熟悉，能与这位秦主任谋面还得益于他操闲心。前些日子，他发现篮球场周边的卫生比较差，便去找包管卫生的环卫工交涉，但始终没有实质性的改善。他说一次，人家就匆匆扫一遍，过几天又回到老样子，后来竟干脆不理他。他说多了，人家还不耐烦，反过来讥讽他，调侃他，说您老哪位呀？是政协委员还是人大代表啊？我看都不是吧？您应该是吃黄河水长大的，所以才管这么宽吧！

李宽又被伤了一次，实在气不过便将心一横，自己动手替别人做嫁衣。这有啥呢，保证累不死我，也舒服不死你，难道我每天早起半小时还能把莘油挣化了？自那以后，他每天都扛把扫帚，坚持打扫一遍球场，扫着扫着，他的威望也跟着提升了。在东街居民眼里，除了球技，其他方面他还真和李全智相像。也有人替李宽鸣不平，说这里有专职环卫工呢，让他扫就是了。李宽愤愤地说，使狗，还不如自己走。

就这样，李宽坚持义务打扫球场的事便慢慢传开了。街道办秦主任为探究竟，曾多次找李宽攀谈，渐渐地两人便熟悉了。当然，熟悉归熟悉，但篮球场周边的卫生状况仍然得靠李宽的扫帚解决。秦主任给了李宽一堆承诺，但很快被证实都是官话和套话。主任说要登报表扬李宽，却像一阵风刮过，再难寻一丝踪迹。

这阵子，李宽仍在为能与秦主任结识而高兴。他想，这次群众性的篮球盛会，在带动居民健身热情的同时，也可以提升政府形象，街道办没理由不支持，况且他与秦主任那么熟，提出来，秦主任好歹得给点面子吧。

李宽推门进屋时秦主任正埋头办公。李宽道声主任好，同时将右手伸过去。秦主任抬起身，面带微笑，谦恭地说，你好，你好，你是？

李宽心里一紧，心想不会吧？这么熟的人，转眼就不认识了，这怎么可能呢？但是，当看到秦主任写满问号的脸，李宽明白了，秦主任记性不好，怕真的不认识他了。大概领导都这样吧？管他呢，来都来了，还计较这些干啥？想到这儿，李宽立马将身子挺直了，说，我是李宽，就是在东街义务打扫球场的那个，您不是说，还要登报表扬我的吗？

噢！秦主任一拍脑门说，你看我这记性，来来来，坐坐坐，哎呀，太不好意思了。说着就赶忙倒了一杯水，然后继续谦恭。秦主任说，实在对不起，登报的事回来后我们研究了一下，觉得不妥。你想想看，我们在那里安排了环卫工，现在又出现个你在义务打扫，这样一来，你好了，收获了荣誉，那他呢，无疑会丢了饭碗不是吗？现如今都不容易，理解万岁吧，李师傅。

李宽一看，这人不愧是当主任的料，总喜欢先入为主。我要说城门楼，他偏说西山猴，这哪跟哪呀？李宽堆着尴尬的笑一欠身，说，主任，我找你不是为登报的事儿。秦主任一怔，说，不为这事，还有别的事吗？李宽脸憋得通红，也没说出一个字，听了秦主任刚才的一番表述，他算是真的醉了。同时，也被秦主任的做派吓着了，这一刻他甚至后悔跨进这扇门。秦主任却不耐烦，催促说，怎么了，说啊！

李宽硬着头皮说了自己的来意，许久，秦主任都不曾开口说话，他不说话但眼睛却没闲着，他在不住地打量李宽，好像之前见到的都是个影子或气泡。

李宽被盯得直发毛，便站起身，准备离去。秦主任忙将手按在他的双肩上说，坐坐坐，出于我一贯的工作作风，没给答复怎能让你走呢，你这么走了，不显得我们机关工作有问题了嘛。这样吧，你的想法很大胆，也很意外，但好就好在我可以直接回复你，对不起，这事儿不行！李全智你认识吧，他搞活动起码还亮个篮球协会的牌子呢，你这是什么？空手套白狼吗？再说了，你搞运动会，我们资助你，体委知道了会怎么想？这是他们的工作，被你抢去做了，他们的脸又往哪里搁？

李宽的脑袋里开始搅搅团，嗡嗡声越来越大，到最后，他几乎听不清秦主任在说啥了，也记不清自己最后是怎么走出那道门的。看来，外面的路被全部堵死了，但箭在弦上又不得不发。在压力面前，他只好求其次，将目光撤回到自己家里。俗话说家贼难防，不过，他家里的钱可不比外面的好拿，甚至比外面更凶险。外面要不到钱顶多是扫了面子，家里弄不好会丢了婚姻，丢掉幸福。

不管李宽如何装无辜，在当下都是没用的，预计的赛程三天后就要开打，名次决出来总不能说话不算数吧？他粗略地算了算，冠、亚、季军奖下来，至少得三千块钱，外加组织奖、风格奖、最有价值球员等，即便是精打细算，五千块还是要花的。这笔钱说多不多，说少也不少，主要看放谁身上。若放在政府身上，连九牛一毛也算不上，但这早已成为假设了。现在，这笔开销也就只能放在他个人身上了。尽管他现在打肿脸充胖子，自诩为企业家，但老婆杏芳却不以为然，总往他痛处戳。一听他夸夸其谈，杏芳就会将脸扭向一边，后悔自己没及时捂住耳朵。然后提醒说，别再嘚瑟了，你一个开货箱车倒腾菜苗的商贩，算什么企业家呀？嗯，倒是忘了，你一晚上能撒九泡尿，可不是"起夜家"嘛。

作为农村妇女，杏芳保守，眼界不高，都是没文化的表现。不过，她不看好李宽，却有她的一番说辞，因为李宽做事太过于随性，想一出是一出，似乎永远都不在调子上。但李宽仍希望杏芳能理解他，包容他。毕竟，他就想全心全意地做个好人，多留口碑，多积阴德，为自己积，也为妻子儿女积。只可惜，杏芳没那度量，他努力了好多次，该献的殷勤都献了，杏芳仍一毛不拔。最后，李宽想，治杏芳的病，还离不开三分讲理七分忽悠的老方子。他说，娃他妈，你想想看，这些年，为了这个家我容易吗？你以为我是傻子，拿钱撒着玩呢？我可是为咱的菜苗销售做宣传呢。到时候，赛事一开，球场周围都挂满宣传菜苗的横幅，会有好多人看见。这是我深思熟虑的一步棋，你可不能给搅黄了啊。

杏芳投降了。李宽这招太毒，直戳到杏芳心窝子里。杏芳天天看电视，她知道广告的分量，也知道人家买卖人做广告从不心疼钱。也就是说，肯定有高额的回报在里头。等把钱取出来让李宽揣走后，杏芳才慢慢转过弯来，她想，不对！这可是城里，你花多少钱做宣传他们也不种菜，要菜苗干啥啊？但说到底，钱是李宽挣的，李宽是撸钱的耙子，自己顶多是盛钱的匣子，撸不来，你盛啥？所以说，还不能过分饿了李宽的毛，万一他因此上进心受挫，纠结或一蹶不振的话，那不是因小失大，划不来了吗？

资金的问题解决了，尽管是自己拿刀割了自己的肉，但疼过之后总算能喘口气了。钱嘛，花掉了再挣，只要花得有意义就不算打水漂。一切都在有条不紊地进行，万事俱备，只差一环，那就是新闻报道。他听说外景记者采写新闻是收小费的，便托人送去几百块钱，人家也收了，并答应到时候一定上电视。可还没过一天，钱又被退回来了，说是汇报时被台长训了，台长说这活动是好，群众喜闻乐见，对引导全民健身也意义重大，可说到底，这些工作应该由有关部门来做，遗憾的是，有关部门没做，却让民间抢着做了。要知道，新闻媒体是政府的喉舌，若把这个播出去，那不是打政府的脸吗？

这是李宽的又一个没想到，这也是操大心与操小心的差别。李宽接过退回来的钱就笑了，从表情上看，他的笑不夹杂一点痛苦。他也没埋怨谁，连自己也没有抱怨，那一刻，他的心好像放大了很多倍，能盛下不少东西，好的、坏的、歪的、斜的，他都能盛。这些，都是操闲心练出来的，像启示，让他在不惑之年又涨了姿势，他没道理不笑。

运动会开幕那天，李宽又起个大早，他的脚刚踩上篮球场的白边线时，远郊，才传来当日的第一声鸡鸣。就这，他仍担心起迟了，由于下楼时有些慌乱，他近乎小跑的脚步声，打破了楼梯间的宁静，上下六层的声控灯在瞬间全亮了。他没顾上想他匆忙间产生的噪音是否已惊扰了邻居，但最终，还是迟了一大步。他发现，摆在球场边上的四张桌子和四条长凳已不翼而飞。那是他花二百元从废旧家具店租来的，打算在比赛时作为临时记分台和裁判席使用。本来，他计划今天赶早再将它们摆上，但事有凑巧，八支参赛的球队中，有两支昨天下午要进行一场热身赛，正好，李宽也想提前检验一下他精心组建的裁判队伍，看他们的执法水平到底咋样。为此他不遗余力，尽量将现场布置得跟正式比赛一样。到黄昏时，比赛结束，李宽瞪一眼桌子与条凳，觉得它们又重又丑又难看，更不值什么钱，搁到现在的农民家里，也只配做柴火。而且他相信自己举办的这次赛事不同于前几次，绝对能打动所有人，毕竟，这是他自掏腰包搞的活动，所以不相信有人会这么不开眼。

可桌子条凳真的不见了。这事给李宽带来的震惊与前几次不同，前几次不论跑资金还是找媒体，失败了，他都会笑。因为生活一直在为他上课，在他没有得到帮助的同时也收获了经验，于是他笑了。但这次呢，他被失望与绝望击中了腰眼，因为到目前为止，他仍不相信有人会偷他租来的桌凳。但它们确实丢了。在李宽心里，或许现在丢的已不仅仅是几张破桌子破凳子，而是丢了人性，丢了希望。相信这个落差是最大的，也是最致命的，所以，一个男人哭了。李宽将双手捂在脸上，哭声传出来压住了周围所有的声音，连李全智匆匆赶来的脚步声他都没有听见。李全智看上去急坏了，还不曾近前就忙着呵斥，哎！哎！哎！大清早的干号啥呢？不怕影响别人休息呀？

李宽止住哭，一扬手吼道，我不怕，全世界听到才好呢！你说我容易吗？原来想用自己的行为感动大家，弘扬正能量呢，结果倒好，唱戏的把行头给丢了，我能不痛心吗？

李全智相信，李宽的心痛绝非是手悟胸口的肢体动作，而是气质性的，他真疼。李全智说，别作了，什么也没丢，你那些桌凳，昨晚上我找人搬到小区的车棚里了，计划赶比赛开始前再搬回来摆上，没想到你起这么早。

李宽的眼睛翻了翻，说，你也相信桌凳会丢？李全智说，我是怕万一，眼下社会上闲杂人员不少，这些破烂虽不值什么钱，但你是租来的，万一遇上个不长眼，偷了，你赔都不好赔，到那阵，人家摔了玻璃要翡翠，你咋办？没想到，让你受惊了。这样吧，为了补偿你所受的惊吓，抚慰你心灵的创伤，我决定，裁判及工作人员的午餐我包了。

杏芳还是将昨天定做的横幅送给李宽，并提醒他挂高点。尽管她知道广告的效应几乎为零，但她仍觉得应该挂。可喜的是，球场周边的商户都相继赞助了矿泉水、面包、哨子、本子等用品；一家音响店还主动将一套音响设备免费提供给他们做现场解说用；那些跳广场舞的大妈们也都穿上盛装，为开幕式助兴扭起了秧歌。这个场景又是李宽没曾想到的，然而，他想到的却都没有实现。感慨之余，李宽仍在想，这样的新闻，这种火爆的场面，要能在电视上播出，该有多好。

断木者

这年头凡事都不能绝对，宝马良驹还会有失蹄的时候，何况老包。

当左脸打着纱布，上半身沾满血迹的男乘客麻利地闪进车，吭吭哧哧报出要去的地方时，老包的眼睛竟翻得像两枚黄杏子。也不是那地方有多么恐怖，而是那地方他压根就不曾听过。

他的心在下沉，脸也在发烫，都因为输不起。他知道，在这个偏远小县城里，他不单是一名的哥，而是赫赫有名的包打听。这雅号来之不易，是他用多年的经验与善行换来的，因此他看得很重。现在，为维系他的名号，他仍在努力，只是往往会努力过头，做些与身份不相称的事情，让人笑上一阵子。

对于县域及周边而言，老包是公认的活地图，不论哪条街，哪座村庄，哪怕它改天换地，旧貌新颜，只要你道出原始旧名，他都能准确无误地说出现在的名称以及所处的位置。即便你不乘他的车，也没关系，他保证会乐哈哈地为你做灯塔。所以，他才不肯相信，在这个弹丸小县还会有他辐射不到的盲区，只相信他的耳朵在消极怠工，没尽职尽责。于是，他反问，你说去哪里？

男乘客正急着离开，因此不耐烦，便加重了语气吼道，木材厂！这一声吼过，才知道用力过猛的代价有多么大，他的嘴唇撕裂，刚缝了四针，从疼痛的程度判断，大概又绷开了。

老包尴尬地说，对不起，那个厂子我没去过。男乘客瞪了瞪眼，从老包惭愧的表情看，他确实不认得路。这一点男乘客好像能理解，或许他去的地方，本身就不需要人人知道。他用一只手紧捂着受伤的嘴，以提示它暂时被停止使用。另一只手做不规范的指挥动作，直行，左拐，直行，右拐，直行……

尽管乘客的姿势很不到位，但能看得懂。同时，老包也从那只打着老茧的右手上，大致看出了他的身份、处境、命运及品质。老包心里痒痒，但又不便开口问什么，他知道问也是白问，只好干憋着。车七拐八绕地转出了县城，驶入东南方向的一条石子路，慢慢地，便有庄稼在两侧铺开，老包也渐渐露出了一丝笑意。笑是由衷的，每当看到绿色，看到庄稼他都会笑，时光，仍无力抹去他骨子里的田园情结。如今，不论在哪里，只要站在田埂上，他仍能沉醉于野草散发的香气里，能听见庄稼拔节的细微声，还有晚风中禾叶的絮叨。在这个瞬间，老包的笑往往是饱蘸泪水的。他激动，是因为感受到作为纯粹的庄稼人，一生能在万颗千粟中度过该是多么的幸福。同时，笑又是赏给自己的，因为他觉得自己的眼光总是那么毒，看人入骨三分。从男乘客一伸手，他就为其打上了明确的标签，是个务农的。果不其然，这连绵的庄稼地，套种玉米齐刷刷都快要抽穗了。看成色、长势，便是勤快人侍弄出来的。当然，老包的喜形于色，只得意于他又一次猜对了。至于乘客到底什么人，都不是主要问题，就算他不是农民，是坏人，老包照样会送他回家。不就是几个车钱吗？不给又能怎的，也穷不了我富不了他。再说，钱本是身外之物，自从变成失地农民那天起，他就想开了，也感受到了，人其实有好多种活法的，就看你如何选择了。现在，他很坦然，心底里滋润得老想放声歌唱。他不像别的拆迁户那样，得了便宜卖乖，成天埋天怨地、骂骂咧咧，一提起拆迁就咬牙切齿，好像全世界都欠他的。老包是知足的人，他觉得，当初政府将他们安置在城里，并没有想象的那么糟。住房，儿子一套他一套，征地补偿款解决了儿子儿媳重新创业的问题后，还够他买辆出租车。现在，儿子儿媳做生意，他跑出租，捎带着管闲事。老伴儿扭秧歌、唱秦腔，生活如此简单，推着太阳下山。别人讲及时行乐，他主张及时行善。他认为生命是脆弱的、短暂的，夕阳西下的年纪，今晚脱了鞋，明早还不一定能穿上，因此，得抓紧时间。

老包的车，载着两个人的思绪继续前行，很快冲出了绿网一样的玉米地。前方，迅疾变得开阔、明朗，但老包的心头却又一次布满阴云，因为乘客并没在庄稼地这块下车。这不明摆着吗？那些令他心头一震的庄稼，已与身旁这位弄伤了嘴脸的家伙没丝毫关系了。猛然间，老包的胸口有点疼，并感到此刻自己的脸伤得比乘客还重。从先前的不识路，到现在的看错人，真不敢想象，就这样一步步走下去，还会有多少出乎意料的事情在前面等他。

老包的心潮，再次起起伏伏，像这条路一样糟糕。两旁的玉米地早被甩远了，代之以蔫头蔫脑的红柳在道边打盹儿。乘客停止了他的手势，因为在独一无二的路面上，指挥已毫无意义，除非你敢往壕沟里开。他的右手歇了，但左手仍在值班，紧捂着打了纱布的左脸，看来，很忌惮自己的伤情。

终于，路边连红柳都没了，路，还是唯一的那条，只是为车壮行的不再是玉米或者红柳，而是一人多高，迎风轻轻摆动的苇草，很显然，车正在驶向一片湖的纵深地带，越往里，微风中散发的恶臭就愈浓重，像核子裂变后的冲击波，一层层向老包逼来。他的车，不由得三摇两晃，气喘吁吁，连那些困顿的苇草一起，让人看着难受。这些年，兜里有了些闲钱的老包曾游历了很多湖泊，像著名的青海湖、沙湖、鸣翠湖等，他都去过。但凡在这个季节，湖上常见的特色就是鸟儿的歌唱，婉转轻吟的鸟鸣，最能拨动人的心弦，而眼前这片湖，说大不大，说小也不小，在这午后的阳光下，却有种令人窒息的感觉。湖上空不见有鸟的影子，水面上却偶有鸟的尸体和死鱼翻了的白肚子。此刻，老包突然想到一个问题，假如自己今天不幸遇害，也被抛进这一汪臭水里，几天后的惨状，是否与死鸟死鱼们一样呢？这种假设是很要命的，尽管它只是在脑海中一闪而过，仍使老包心头忽地一紧，他的车，也突显动力不足，亦步亦趋，最后，干脆半道熄火。

男乘客调转身，死盯着老包的脸要答案。老包连忙解释，嘿嘿！不好意思，撒泡尿。

尽管撒尿不是他事先想到的主意，而是车突然熄火后想出来的，但他还真的需要时间，好好琢磨一下自己所处的这个环境。车上受了伤的男人到底是什么人？眼下的这条路，这片孤寂的湖是在梦里还是在现实中？为什么县域内有这么个地方，我大名鼎鼎的包打听却从未听说过？当然，这些都是虚的，想来想去，跟没想一样，最实际的，还是要尽快拿出个决定来。是弃车而逃，还是勇往直前，需要他尽快决断。

就在这时，正前方忽然传来了机器的轰鸣声。声音从苇草的梢头上划过时伴随着风的节奏，一紧一紧地很刺耳，迅疾就湮灭了老包溅在水面上的撒尿声。在此等状况下，不论谁突然间启动了机器，对老包而言都是敏感的，有动静总比死寂好，老包想，只要从人多的地方经过，就能多一分保命的胜算。他连忙上车，冲乘客说，听！前面有机器在作业，大概有几百米远吧！哈哈。

男乘客的表情由暗淡转向了痛苦，他默默地闭上眼睛，大概不忍心再看老包莫名其妙的瞎激动。车被路引领着一头撞入湖中央葫芦状的小岛。小岛占地有十亩上下，四处蒸发着刺鼻的异味，令人胃里直翻腾。这下，老包算是看明白了，这个岛是用垃圾堆出来的，有建筑垃圾，也有生活垃圾。很显然，这片湖的命运已今非昔比，变成了鲜为人知的神秘所在。至少，老包就认为它神秘。

再细看，垃圾岛靠中间的部分已被刻意收拾过，并扎上了近两米高的彩钢板围墙。没有规范的大门，老包的车是从一个豁口驶入的。他发现，里面是一道道木材堆积的天门阵，树木大多是鲜活的那种，看来刚采伐不久。在山岭似的木材簇拥下，一台超大型的粉碎机咆哮着，将一根根碗口粗的木头吞入腹中，然后变成细碎的渣子，再从高高的传送带上吐下来，落入一辆改装过的大卡车里。边上，工人们有的手提电锯，将较长的木头切成一段一段，有的两人一组，抬着木头，轮番塞入庞然大物的口中。粉碎机牙好、胃口就好，来者不拒，刺啦啦，像饿汉在疯狂地吞食着油条。这里的场景、机器以及忙忙碌碌的工人，都给老包带来了安全感。按说，他应该感到欣喜，但他没有，尽管他努力了，终于还是没高兴得起来。他心疼那些树。

来到正南端。这里有一排整齐的铁皮屋，十来间，坐南朝北呈一字排开。铁皮屋搭在硬化过的混凝土地坪上，前面有三四米宽的院子，都是水泥压光地面，看上去比周围干净了许多。男乘客捂着受伤的半边脸，咬紧牙关，痛苦地蹦出两个字，谢谢！同时歪过头，看了看计价器，显示是十八元。他掏出钱包，抽出两张十元钞，又艰难地蹦出三个字，别找了！说罢，便捂着嘴下了车。刚走两步，似乎又想到了什么，连忙调转身，用手比画了半天，将老包搞成一头雾水，才转身进了屋。老包急速转动方向盘，欲调头离去，男乘客又一次追出来，他手上拿了张纸，上写着：请留名片。这时，老包才知道刚才他比画的意图。

名片老包有，因为他是著名的出租车司机，一贯很注重对自己的宣传。

第二天傍晚，老包忙活了一天，正准备休息，手机又叮地响了一下，他知道是一条短信，但还是即刻抓起了手机。这是他一贯的风格，他整天最担心的事儿不是别的，正是手机不响。因此，每回拿起手机的动作都快得有些夸张。短信说，师傅，我是木材厂的那人，你昨天拉过。我现在得进城换药，还想用你的车，请帮忙，行不行请回个短信。老包没犹豫，他嫌写短信麻烦，便干脆打过去，向对方保证说，行！马上就到。等老婆反应过来，问他这么晚还要去哪里，声音还不曾落下，便被他的关门声啪地给挡回去了。

一连几天，老包都在木材厂与医院之间往返，他心头积聚的那份沉重也像早春湖面上的冰，在慢慢变薄。无意间，他从工人的闲谈中得知，受伤者名叫张君，是厂里的二老板，他的嘴，是发动四轮拖拉机时被摇把打伤的。这些信息，像一缕惬意的风，将老包心里的阴霾即刻就吹散了。他估摸着，自己离真相终于又近了一步，不过，这最后的一步往往会更难逾越，但沉默不是他的性格，尤其面对这谜一样的人和地方，他太想知道点什么了。只是看势头，脸上除去纱布，伤口抽了线的乘客，仍不打算与他说句完整的话。按说，司机与乘客本无须深度的交流与沟通，一般能问清目的地在哪儿就行了，顶多，再礼节性地寒暄一下。但老包想得多，因此他不会满足。这些天，每当闭上眼，那个满身血渍的瘦男人，还有他身后的臭水湖，以及一段段粉成碎末的鲜活树木，早成他心坎上的一道伤，让他隐隐作痛。

今晚仍无睡意。坦率地说，老包是在等木材厂的电话。老婆催促说，睡吧，都忙了一天了。老包没吭声，也没上床，目光呆滞地望着窗外。原打算，如若今天再去，怎么也得撬开那人的嘴，与之好好聊一下。他就想为那些鸟的死亡、鱼的翻白、树木的粉身碎骨探个究竟。但等到现在，人家好似猜透了他的心思，一直没来电话。老包有些忐忑，总觉得有件该做的事情没做利索。他边穿衣服边对老婆说，你先睡吧，我得过去看看。

车灯将夜幕撕开，又将夜幕缝上。老包登门入室，并没见他的乘客在。屋里的女人认得他，便紧张地问，啊呀，妈呀！这么晚了，俺家张君欠你车费了吧？欠多少？俺这儿有。说罢，便慌忙从兜里往出掏钱。老包赶忙阻止说，不不！你误会了，我找他，有别的事。女人跨出门，向正南方一指，说，瞧！每晚都要在湖边上猫一会儿，发足了神经，抽完一盒烟才回来。

月色溶溶。一轮圆月映在无风的湖面上，显得静谧而安详。老包悄悄地靠过去，好像也不忍心惊动月亮。他轻声说，张师傅，打扰了。张君转过脸，边起身边用浓重的东北话问道，哎呀！你咋来了呢？老包示意他不用起来。老包说，睡不着啊！城里的高楼不透风，夜里憋闷得不行，还是你这里好啊！

张君苦笑了一下说，好啥呀？臭气熏天的，半里地就能熏倒人呢。你想想看，如果此时此刻，荡一叶轻舟在湖面上该是多么的惬意，可惜呀！眼下只有湖中圆月是干净的，只有它，才让人感受到生命的美好，才会有心思再活一段儿时间，是不？

老包没听懂，他尽力将眼睛睁圆了，也没能想明白人活与不活，活得好与不好，到底跟月亮何干？张君将一张报纸撕开，分一半给老包，招呼说，坐坐！

二人面湖而坐，张君掏支烟递过来。老包说，谢谢，我不吸烟。

张君自己点燃，吸了一口，然后将烟与叹息一起吐出来，说，对了，你咋知道俺姓张？老包答，你老婆说的。

张君低下头，沉浸了一会儿，突然说，她不是俺老婆，在东北老家，她曾是俺的老板娘，当然，也是形式上的，老板家里有正房。张君说他打小就喜欢树，对树木的偏爱已到了偏执的地步，这点连他父母都一直无法理解。有时候因一棵桦树苗子的死会哭上好几天。后来他想上林业学校，但没能如愿，便立志用毕生的精力去种树，他坚信，只要在绿荫环抱中度过每一天，就能给心灵带来一份宽慰与满足。但命运却鬼使神差，安排他走在了这一切的反面。

除过爱树木，张君还酷爱着文学，梦想用自己手中的笔，去描述自然，歌颂美好生活，为此，在人生不如意的时候，他便义无反顾地投入大山、丛林的怀抱。没想到，理想终归还是理想，现实却永远都是现实，大山和丛林，还是以伐木工的身份接纳了他。在山里，他学会了伐树的所有技能，最终娴熟到仅凭一把手提式电锯，不用其他外力相助，就能让参天大树倒在自己预设的方位上。老板很看重他，将他视为己出，疼爱有加。最要命的是老板身边的小女人也喜欢上了他，他抵挡不住女人的诱惑，很快就在石榴裙下做了白眼狼。老板好心收留了他，并传给他伐树谋生的本领，而他，却忘恩负义勾搭上老板的女人，欠下这一笔风流债。

他们携款私奔，从东北逃到西北，结果将自己搞成了断线风筝，最终，跌落在这片沉寂的垃圾荒岛上。用女人的钱，买断了这个垃圾岛的使用权作为木材的存放地与中转站，几年下来，他早出晚归，行踪诡秘，很快就将周边村庄里的树伐遍了。张君觉得，他自己的心里已债台高筑，而这些债今生今世都无法偿还。师傅的人情债或许能设法弥补，但伐倒的树却永远不会再长上。

有道是隔行如隔山，他闹这么大动静，自称神通广大的老包却并不知道。这一刻，老包只能羞惭地低下头。

尽管张君将自己的故事和盘托出，但老包仍觉得短斤少两。他喜欢管闲事，喜欢猎奇，但男女之事不在其内。他不管东北的深山老林里发生过什么，只关心眼前这些树，以及这些树为何会变成了木板或者木渣。

但张君却像个天真的小孩子，除过刚才的那段故事还算具体外，其余的话都不着边际。张君说，看见了吧，只有水中的月亮是淡定的，遇到风，晃几下，风过了，便会平静如初。

老包一听，他又在说月亮，便有些失落与沮丧。但他又不得不向月亮学习，耐着性子往下听。他不想让这位新朋友认为自己浮躁。不过，张君并没往下延续月亮的话题，看来，月亮只是个引子。他说，一个男人，也不论你出身如何，降生的一刻，父母都会有望子成龙的夙愿，至于能否达成这个愿望，还得看天意。但至少，你得做个不折不扣的好人，这是底线，如果连这点都做不到，就说明父母的教育失败了。我父亲也是一样，他是个老实巴交的农民，没文化，即便如此，在我呱呱坠地时，他仍然挖空心思地给我取下这名字。张君，这名字听来简单，可对我父亲而言，已经够难为他的了。据他后来讲，那一刻他并不希望别的，只希望儿子长大后，能做个有文化有教养的谦谦君子。张君又深深地叹了口气，有些自嘲地说，看我现在，人不人鬼不鬼的，真是无颜见江东父老啊。

老包不知道张君所谓的江东究竟在哪里。张君的倾诉，已再度与他想要的话题背道而驰，并且，还哪壶不开提哪壶，专往人的痛处戳。他争辩说，名字这东西，本身只是个代号、称呼，他与现实生活关系不大，与人品的好坏更不沾边。就像我，叫包生贤，不光是我老婆，还有亲戚朋友以及不相干的人，他们都认为这名字不好，影射我生来吃闲饭、管闲事。

张君的嘴张了一下，像是要放声大笑但终归没笑出来。于是便将老包重新审视了一遍，因为这几天他并不像老包关注他那样去关注老包。月光下，老包并不能完全看到张君的眼神，但能感受到他的目光能让人心里发毛。张君没头没脑地说，我还以为你是个文化人呢！说完，又没头没脑地笑笑。

老包的眼睛翻了翻，问张君为何会这样说。张君说，其实，包生贤是个好名字，它至少可以证明，你爹比你有文化。生贤、生贤，生来就是贤德之人，你爹，高！实在是高！说完，张君还下意识竖了大拇指。

老包无地自容，恨不得一头插进湖里。他在心里暗骂：谁若再提名字的事儿，就做这臭水坑里的王八！他直截了当地问，张师傅，这些木头都是你伐的吗？

张君说，大多数是，怎么，有什么问题吗？

老包说，没有，只觉得可惜。你知道树长成这样得多少年吗？

张君说，对于树来讲，我肯定要比你专业得多，正因为爱树，所以我才更了解它们。关于树的问题，问我，你算找对人了。他一指那些树说，瞧！最大的那棵，一般得长十到十五年，甚至更多。

老包盯着张君的脸，就像张君先前盯着自己一样。他想从张君脸上搜寻到残害这些树的那份内疚来，但是没找到。张君很自然，很轻松，就像刚从自家树上摘了果子。这反倒使老包没了底气。老包沉寂了一会儿，像是在思考，又像在为说出下面的话积攒些能量。这一刻，他心里装的都是树，杨树、柳树、沙枣树，还有满园满园的花果树，他脑海中甚至还出现了美丽乡村以及家的画面，仿佛那些幽深的老宅子，仍像过去那样，掩映在绿树浓荫中。不过，这是虚幻的梦，像个脆弱的水泡，在瞬间就破灭了。老包只需打个激灵，便轻松回归了现实，眼前，已没有了树，只有这堆积如山的木头让人心堵。老包说，如果没有树，没有绿色，村庄就没有灵魂，就像裸露的女人，失去了她的神秘、她的纯真，以及她应有的魅力。而剥夺这一切的人，该是多么的铁石心肠才能下得了手啊！最后，他撕破脸皮质问张君，你将电锯切入树身的时候，你的手，难道就不会颤抖吗？

张君愣了一下，说，颤抖，为什么？伐树是我的工作，做好自己的工作，这是本分。这时，张君已完全揣摸出老包的来意，以及他这人的品行与嗜好。他想，怪不得别人会将包生贤理解成包生闲呢，现在对上号了，原来，他是吃黄河水长大，管得够宽啊。但张君的硬气，只是体现在嘴上，他的内心却与老包一样柔软。因此，他很快又深深地理解了老包。换作谁，初见这些树都会吃惊，因为数量太大了。但是在张君落锯前，这些树理论上已经死了，它们被判了死刑，张君只是个行刑者，是刽子手而已。眼下，拆迁已成为华夏大地上的热词。城市的步伐，正踩着乡村的脚后跟，踩得很重，令土地甚至空气都为之震颤。

张君很痛心，痛心自己的弱小，救不了这些树。张君说，其实，我和你一样，也不想伐这些树……

老包说，别扯上我，我跟你不一样。你伐树是为了钱，而我却想让树活着。

张君又叹了口气，有些感慨，他说，你错了，朋友。人活在世上，就像这片湖以及湖水里的生物一样没得选择，有很多事会让你揪心，但我们太渺小了，小得就像只虫子，别人一脚踩上去便会血肉模糊。城市吞噬乡村已成为趋势，我这里的木头仍会堆积如山。我相信，栽树的人都不想让树死，可是维护树的生命的围墙上一旦被喷上斗大的

"拆"字，剩下的，也就是怎么个死法，或死后该变成板皮还是木渣。

老包不解，问张君，好好的树，弄成板皮还情有可原，为啥要粉成渣？

张君说，这就叫方法，如果运输木材，沿途就会有人出来执法、查你。运木渣就不一样，它只是造纸的原料。因此，我得到这些树，花不了多少钱，也挣不了多少钱。我付出的，只是劳动，外加血的代价……说这话时，张君还刻意摸了摸刚刚伤愈的左脸，然后说，我和你一样心知肚明，树活着，能给庄子和院落带来生机，带来四季变幻的美丽风景。就像庄户人的孩子，他们给树以生命，看着小树成长，一天天，一年年，为树剪枝，给树施肥，对树的那份爱，是用汗水浸泡出来的。现在，要亲手毁了那些树，往它们身上落斧子，谁能下得了手啊？因此，就滋生出我这个行当，说好听些，是替人分忧，说难听点……

张君顿了顿，突然问老包，你知道乡亲们为啥将我称作断木者吗？

老包摇摇头。张君的嘴唇煽动了好几下，才沉痛地说，那个"断"字，其实指断子绝孙！

大唐水域

涛声，岸堤，悠扬的号子，是古河湾独有的景致与韵味，但这里最吸人眼球的还是西岸边那片黑皮子柳林了。从早年起，林子的北端就直插了一条深沟，沟像根脐带，一头连着省城，一头紧连在母亲河的腹腔上。在沟与河的交汇处，有一块铁制的标示牌，尽管牌子以锈迹诏示着年轮，但上面"大唐水域"四个漆字仍清晰可辨。沟面上，抬网高悬，约有十几米见方的样子，晴朗的白天或月夜，网格与光照交融与闪烁，像一处阴森恐怖的陷阱。岸基上，泛了白的旧军帐篷，便是老闲与徒弟郝三在野外的家。

老闲本姓唐，是村里的独姓，家中有弟兄两个，小时候，人称大唐二唐。20世纪70年代末，他与庄上四五个伙伴相继辍学，成了生产队的放牛娃。村北头有一片湖，水不深，但苇草茂盛，从早到晚，鸟翅都织满天空，牛儿游走于湖面。这处原生态的角落，倒给他苦涩的童年平添了不少乐趣。

十三四岁的年纪，男娃的性意识开始萌动，他们光屁股下湖找牛时，总喜欢拿各自的小鸡鸡调侃、说笑，或者比大小。那年月，生产队养着两种牛，一种是用来耕地拉车的，称作使牛，另一种是未成年的小牛犊子，称作闲牛。闲牛长到一岁上，头部会顶出小犄角。这一年，唯独老闲的下身正好与闲牛的犄角一般大。有人就顺口调笑说，啊呀！大唐，看你那东西，都跟闲牛角一样啦！随后，这闲牛角的外号便成了他的代称，也伴随了他整个的青少年时代。

不论人生是欢愉还是痛苦，时光都会从容地前行，当岁月的脚步将青春越送越远，同龄人又开始戏称他老闲时，他也不置可否，一笑了之。别人如何称呼，那都是别人的事儿，老闲却不会忘了自己的姓氏。起初，他立下这大唐水域的牌子，既为声明此地有主，旁人勿扰，同时也宣告了此地的主人姓唐而不是姓闲。

老闲因为穷，直到三十岁仍没能成上家，后来，有人替他介绍了通河堡的寡妇水英，这才结束其光棍生涯。水英虽名字好听，容貌出众，但个性却过于强悍，是那种没事不惹事，遇事不怕事的硬茬子。俗话说，好牛耕好田，寡妇配好男。老闲也有其独特的优势，那就是胯下的定海神针。有了这镇家之宝，水英便将心灵空间打扫干净，唯独将老闲的音容笑貌装了进去。在水英心里，抑或像老闲这般大男人只属个例。现在，如果老闲死了，就等于这世间可与她匹配的男人也彻底灭绝了。

郝三比老闲小两岁，打小就是老闲的跟班。他媳妇玲儿是甘肃平凉人，曾是位清纯的小姑娘，过门时才刚满十七岁。因地域条件的差异，外加宁夏平原自流灌溉不用看老天的脸色吃饭，历来是周边省份，特别是贫困山区的女娃们向往的地方。尽管当时的郝三家仍住着普通平房，但与山里的窑洞比，还是要优越一些。况且，郝三跟媒人出发时，还足足揣了三万元彩礼钱。有三万元垫底，他觉得腰杆子硬实、心里踏实多了。果然，玲儿爹在点清钱数后并没再关心别的，连家里几口人几亩地几头牛都懒得问。郝三说他这辈子只一样比师傅强，那就是娶了乖巧可爱的黄花姑娘玲儿，在玲儿身上，他开辟了新天地。每当正午他俩躺在河边的帐篷里避暑时，郝三总会将自己新婚之夜的微妙感觉不厌其烦地说于老闲听。老闲听着听着，便发出一连串低沉地叹息，并感慨地说，人哪，在世上走一遭，穿衣吃饭，娶妻生子，没一样由得了自己，其实，这就叫命。就像师傅我吧，年轻时虽不是人模狗样，但也不缺鼻子不少眼睛，只是缺钱。人兜里若比脸还干净的时候，就免不得受老天的操弄。现在，咱这大唐水域每天都大把进钱，经济上宽裕了，富足了，人却又老了。

老闲是村里最早下河捕鱼的人，他在北大沟这入河口支抬网时，包括郝三在内，绝大多数男人均不知河里的鱼还会来沟里活动。但是老闲懂，他知道鱼的繁殖只能在浅水处进行。在夏秋两季，不同的时期都会有不同种类的鱼顺沟而上，产完卵，返回时便是鱼的不归路。鱼们不会知道，此时，早有人在月光下张网以待了。好在，老闲的抬网一般都在大白天高挂，这也给水下的生命留了一线生机。晒网如充电，补网如就医，而打扫网眼上的附着物就如同为渔网做理疗。做完这些，老闲便独自在帐内织网。他晚上打鱼白天织网，其余琐碎的事情均有郝三担当。忙了，累了，两个中年男人便忘了家里还有各自的女人。水英还好说些，毕竟她老了，女人过了四十岁，都会把精力放在子女身上。可玲儿却不一样，她才三十岁出头，是一朵花正香艳的时期。一个背井离乡的女人，如任其长期在家中孤芳自赏，久而久之，恐难免会整出些事情来。

农历六月前，豌豆花在几天内全开了。大唐水域周边的滩地里，轻风不断地裹挟着花香一缕缕吹，令人昼夜沉醉。同时，豌豆花开，还象征着黄河红尾鲤鱼的繁殖季节已然到来。连续三夜，老闲与郝三在月光下拼命地忙活，令网箱里的鱼越攒越多，兴奋之余，他们竟忘了休息。

人都说，鱼头上带火，只要见到鱼在网床上翻跃，他俩就不觉得冷，不觉得累。但话又说回来，一对肉体凡胎，总会有精力熬尽的时候。昨晚，忙晕了的老闲终于顶不住了，在撑船作业的过程中，他眼前一黑，扑通一声，竟仰面跌落在深沟里。满身大汗的老闲被凉水一激，便感冒发起了高烧。老闲自视体质过人，从不与医生打交道，他确信，自己的病一般都能够自愈。但这次老闲失算了，他蒙头睡了一天仍感觉浑身酸痛难忍，到掌灯时分，不但犯迷糊，而且还不住地打冷摆子并发出哼哼声。郝三将自己的棉被一并压在了老闲身上，说，哥你躺着别动，发身汗，我现在回去取药。老闲说，取啥药，我发身汗，明早就好了，你先把网上的事儿打理妥当，别误了出鱼才对。老话说得好，十日打鱼九日空，有朝一日补上功，毕竟，一年中这等好时节不太多。郝三不屑于老闲的唠叨，尽管在外人眼里，他们属师徒关系，但双方年纪却相差无几。二人厮混多年，早已兄弟情深，在辈分上，彼此也心照不宣。郝三说，河里的鱼永世都不会灭绝，今年误了还有明年，但你的老命却只有一条，再说了，钱是命，难道自己的命就是狗屎吗？

郝三骑着自行车，拐弯抹角地在田间小路上穿行。他也料定，老闲的病服过药很快就会好，只是想尽快回去忙里偷闲，将路上节省的时间好用在玲儿身上。

最近，郝三总感觉上一次过夫妻生活似乎是很久远的事儿了。在心底里，他常将玲儿比作一块好地，好地就须勤耕耘，撂荒就是犯罪。但师傅说得对，人活在世上，总是身不由己的，尤其在水面上讨生活，自然是风雨飘摇，无章无序。没办法，好日子就是拼出来的，趁着年轻力壮，好好敲打几个，把娃们抚养成，安排好，等将来老了，也就有资本享享清福了。

月到十五，像张刚出锅的烧饼。在皎洁的月光下，田野、庄稼均蒙了层细密的白纱。郝三的心境也像这环境一样，显得开阔、亮堂，空空如也，只有玲儿那娇巧的身子，那娃娃般稚气的脸蛋不停地在脑海中闪现。来到门前，郝三的脚步愈发变得轻盈，他想自己拿钥匙开门，也好给玲儿个惊喜。但他发现，院门并没有上锁，轻轻一推便开了。他还暗骂，这死娘们胆子够肥，晚上睡觉竟敢如此粗心。来到窗前，郝三歪着脑袋，在一串钥匙中挑选房门上的那把。此时，如水的月色依旧柔和，金沙银粉般地撒落在崭新的玻璃窗上。但是一连串的呻吟声却不合时宜地从屋内传了出来，像河边的潮汐，起起落落且愈演愈烈，仿佛要撑破岸堤去达到某一种高度。同时，他还听到了男人粗犷的喘息声。郝三一下子就蒙了，充了血的身体也由下而上逐渐变得冰凉。

他猛地打了个冷摆子，用了好大劲才重新站稳脚跟，但屋内那种令他寒气倒流的嬉闹声依然激烈。郝三咬着嘴唇，撕扯着头发，苦涩的泪水顺脸颊扑簌簌往下滑落。少顷，他踮起脚小心地退出了院子，仿佛自己在做亏心事。他未再回头，像夺路而逃的窃贼，骑车一路狂奔。他不知摔了多少次，又爬起多少次，一波三折，才艰难地返回到大唐水域。

郝三抱着头，蜷缩于帐内的一角，任凭老闲怎么追问，他依旧死人般闷声不响。老闲坐起身来说，药呢？拿来！郝三仍充耳不闻，他先是一阵抽泣，既而放声号啕。老闲被惊得一蹦子跳了起来，吼道：出啥事了？你想急死我呀！

郝三眼泪一把鼻涕一把，犹豫了老半天仍缄默不语。尽管他俩情同手足，但对郝三而言，这等恶心事总归还是难以启齿。老闲急得直拍大腿，气愤地说，男人嘛，有话就说，有屁就放，总不是你婆姨肚子上有人了吧？

老闲说的是气话，但他万没有料到郝三会连连点头。帐篷内死一般地沉寂，好像两人在一瞬间停止了呼吸，连室外的风、草木、空气都一下子禁锢了。老闲无语，他原本想，郝三定会以你婆姨肚子上才有人来回敬他，但等到的却是郝三的点头默认。老闲很清楚，一个男人，除过他别有用心，否则，决不会拿自己婆姨的清白开玩笑，但他仍心存侥幸地追问，你……不会搞错了吧？

郝三抬起头，背对着老闲说，哥，我回去时屋里真的有人，而且他们……

老闲一把将被子掀起，穿上鞋，腾腾腾！翻身冲出了帐外。少顷，郝三便听到帐外咣当一声响，老闲将两把鱼叉往帐前一扔说，出来，走啊！郝三蔫头蔫脑地钻出来，显得唯唯诺诺，裹足不前。老闲骂道，瞧你那窝囊样，婆姨都被人弄了，你倒好，转身走了，还是男人吗？

郝三说，哥，你先别急，听我把话说完。

还说个求！等你说完，嫖客早将货泄你婆姨肚子里了。

郝三说，哥，其实我当时也想冲进去废了那龟孙子，可一经闹腾，邻居们就都知道了，那往后玲儿该怎么见人呢。

我呸！老闲有些气急败坏，他痛恨郝三的软弱与不争气，怒斥道：管他！不就是个烂女人嘛，打出门不就完了，大不了哥帮你再找一个，反正咱现在也不差钱。

郝三说，这不是钱的问题，钱可以为我再娶个婆姨，但不能为俩娃再找个亲妈！

老闲无语，从郝三的话语中，他听到了妥协，同时也听到一个中年男人的无奈。他就地转了好几圈，也没转出什么更好的主意来，只好惭愧地驻足，问郝三，你打算怎么办，总不能任凭她胡来吧？

郝三说，哥，这样吧，还是你抽空去跟她谈，只要她悔罪，痛改前非重新做人，我就不再追究。

老闲说，可以，这是你给她的最后机会，如果她再不珍惜，那就是犯贱，无药可医。不过，你也得调整好心态，既然是为娃们想，我也不说什么。忍，你就得忍出风度来，忘掉这一切。不然，我的话就算玲儿听了，你自己不给力也是白搭。

郝三说，我尽力吧，全当啥事也不曾发生。

老闲提醒说，不是尽力，而是必须！

郝三挠挠头，半天不语。老闲近前，拍拍他的肩膀，开导说，兄弟，哥知道这事儿很难，搁谁都一样，但问题是你只有两条路走，要么离婚，要么就好好过。

郝三说，俺也不想抓住这事儿不放，但俺就觉得委屈，怎么，俺在外面没白天没黑夜地干，图个啥？还不是为她和娃嘛，可她倒好，给俺找晦气。郝三的内心充满了矛盾，他情绪反复，圆也不行，扁也不行，最终，令身边的老闲也不知所措。思来想去，老闲认为重症还得猛药医，唯有极端的方法，才能够救治可怜的郝三。他说，这样吧，三儿，明天鱼贩子金二过来，你跟他进城去玩两天，听说宾馆里的小姐一个比一个漂亮，我让金二出面，给你包上一个，一是让你轻松一下，再者也捎带着出出心中的恶气。她不仁，你不义，一报还一报，这总该行了吧？郝三转忧为喜，一拍大腿说，好！就这么着，臭婆娘，你敢偷一个，我就敢在外面搞十个，看谁划得来！

仲夏的早晨，位于黄河边的大唐水域仍别具一番风情，清新的空气中依然弥散着花香。一走出帐门，大船划桨的嗨哟嗨哟声就会从河面上适时传来，像一首古老而悠扬的歌。老闲与郝三都迷恋这夏日的晨光，尤其在心情欠佳时，宽阔的河流会时刻教他们如何保持包容的心境，使他们永远阳光，充满活力。

老闲不愧为猛男。他昨晚还在发烧，今早却跟没事人似的盘坐在帐门前织网，再次令单薄的郝三赞叹不已。郝三的心里很苦，很郁闷，就算老闲与他之间比亲兄弟还亲，可昨晚家里的丑事还是让他在白天抹不开面子。他不想跟任何人说话，也包括老闲。这一点老闲估摸到了，因此他没像往常那样催促郝三做饭。老闲想，人若遇难处，最好是自我救赎，但愿三儿这次能战胜自己，走出痛苦的阴影。于是，一股烟柱在河岸边袅袅升起时，老闲已放下师傅的架子，一边埋锅造饭，一边等鱼贩子金二到来。

正午的炎阳直射高高的河堤，郝三仍默默地端坐，他不吃不喝，用别人的过错惩罚着自己。他的情绪已跌入低谷，像一个垂死的溺水者，越扑腾离岸越远。

有人说，时间可淡忘一切。其实，人生正如这条河，随着时间的流逝，冲淡的或许都是些无足轻重的东西，而沉淀的才是最沉重的，是时间所不能带走的。此刻，委屈与羞愤令郝三的智商再度下降，他甚至忘记了昨晚与师傅敲定的策略，只记得一条，那就是跟金二走，去找女人，一个不行就找十个，直到将所有的屈辱统统地释放干净，否则，他不会回头。

郝三将找回自尊的希望寄托于鱼贩子金二身上，准确地说，是寄托于失足女身上。快被骄阳晒晕的那一刻，他向身边不远处的柳林望了望，但即刻又将脑袋转回，像不忍心看一幅重复再重复的老镜头。的确，这些年，大唐水域已变得不再消停，原本被遗忘的角落，却渐渐布满了城里人的足迹。城里人莫名其妙的光顾，使得老闲与郝三也快将这世界定性为莫名其妙了。就在这时，有俩女子从树林里冒了出来，她们个自撑着阳伞，缓缓地登上河堤，有说有笑，向这边踱来。然而，此刻郝三正打算到林子里去，好在浓荫下继续完成他的静坐与沉思，直到金二莅临为止。但是，当看到大唐水域升腾的炊烟时，他又有些犹豫。因为他心里清楚，此刻，师傅正做着原本属于他的工作。

还没等郝三翻起身，女子的两双小脚已死死踩住了他的影子。其中一个说，大哥，您是打鱼的吧？郝三懒散地眨眨眼，连头都没抬就怅然答道：是啊！怎么，你们查户口呀？等答过了，他才仰面抬眼，迎着毒刺般的阳光由下而上地审视。顷刻间，他像只受了惊的公猴，一蹦子跳起来，吞吞吐吐地问，你们……你们是？

其中一位稍胖的姑娘大方地做自我介绍，噢！大哥，我俩是从省城里来的，我叫玛丽，她叫露西。

这两个英文名一听就是假的，郝三自然搞不明白，他反问：卖什么，撸什么？另一位姑娘补充说，大哥啊！不是卖什么撸什么，这样吧！你就叫她小马，叫我小陆得了。郝三连连点头，好好好！小马、小陆。

玛丽与露西的惊人容貌，令郝三差一点就流了鼻血。他慌乱的神情，是不良心态的流露。不过，人家却没在意，只是顾左右而言他，很显然，俩女子在没话找话。玛丽说，大哥，这里的景色简直太美了。郝三抬头转身，将柳林与河湾一眼不剩地快速扫了一遍，好像他也是首次身临其境似的。他说，嗯，是挺好的，在这条湾里，河水有时会倒流，所以鱼特别多。

露西的脸色稍稍冷了一下，或许已看穿了郝三的不解风情，于是说，大哥啊，你看俺俩长得怎样，配得上这般胜景吗？

这回郝三没加思索，忙不迭地答道：配得上，配得上，嘻嘻！

那配得上大哥你吗？

这……

姑娘的拾级而上终于让郝三难以招架，面对这透着深深暧昧的撩拨，他就像老步枪上战场，一下就卡了壳，哼唧了半天都没再吐出一个字来。郝三想：这事儿不错啊，刚刚我还在担心跟金二去城里快活，万一被警察抓了怎么办呢？这下好了，如果这两位真是做皮肉生意的，那咱这地方可既安全又有情调，也不用舍近求远，况且，你就是搭凉棚摆酒席警察也不会来这里。

果不其然，郝三猜对了，俩姑娘极其爽快，可谓是一拍即合，同时也给了郝三天降仙子般的感觉。在敲定了一百元低廉的价钱后，郝三便忙不迭带她们去见老闲。

闻听了郝三与姑娘的意图后，老闲的脸立刻就红到耳朵根子上了，他猛然间有些虚幻，像自己不小心走错了地方。紧接着，他快速抬起老脸审视周遭的景物，东边，滔滔的河水仍在奔涌向前；南边，黑皮子柳林依旧郁郁葱葱；身边，网是网，船是船，头顶的太阳艳丽如初，一切的一切都那么真实，那么自然，看来，并不像梦中。但是，眼前这美丽的河湾，古来一尘不染的清静之地，怎会有这么离谱的事情发生，这世界到底怎么了？

看老闲懵驴转圈儿，最急的人自然是郝三。眼下，他并非担心自己的行为将会给大唐水域带来什么灾难，而是更在乎这桩送上门来的买卖。于是，他有些迫不及待地催促说，哥！别转了，晕死了，你倒是拿个主意，干还是不干？

不干！

为啥？

不为啥！就是怕没脸见婆姨娃娃。

郝三说，哥！俺可不怕这个，你知道小马和小陆今天带给俺什么样的感受吗？老闲眼睛上下翻了翻，继续缄默。郝三说，是雪中送炭的感觉，另外，你可知俺心里有多苦吗？

老闲说，这个哥知道。

那好！今天这事儿，你做也得做，不做也得做！

老闲说，凭啥？你想做自己做，为啥非拉俺下水，你嫂子可没对不起俺。

郝三说，哥，你别装糊涂了，俗话说，好事不出门，丑事传千里。尽管咱情同兄弟，但我还是不太放心，今天咱一只蚂蚱六条腿，一条下水都下水，省得事后瓶嘴封住，人嘴封不住！况且，这么便宜的买卖，不做白不做。

在郝三的种种理由面前，老闲渐渐地失去了抵抗力与免疫力。当然他的防线彻底崩溃大多都因为郝三的那副可怜相。他深信，无论郝三怎样上蹿下跳，最终还得以自己的步子为基调，在这种情况下，救兄弟于水火是他这当哥的责任。只要做完这件事，郝三能找到心理上的平衡，他只有奉陪到底。

看到时机已然成熟，玛丽说，那咱们就进屋吧，还等着太阳落山呀。说完，便大方地挽着老闲的胳膊，将其拉入帐内。郝三则跟着露西，没入南边的树林。

约一袋烟的工夫，一切都尘埃落定，大唐水域又渐渐地恢复了安静。老闲迈出帐门，显现出一脸的羞愧和迷惘。他心虚地抬起头，先看看那轮火球般的太阳，然后细细扫视周围，看是否有人窥视了刚才的一切。末了，又狠狠地瞪一眼郝三，便只身向沟边走去。

扑通一声，老闲来了个蛟龙入海，一头扎入沟心。郝三一惊，两眼直勾勾地看着水面上翻腾的气泡发呆。他搞不懂老闲为何会有这样幼稚的举动，当然，他也并不担心老闲会投水自尽，因为这条沟怎么说还至于能淹死水性高超的老闲。但不管怎样，他对眼前突发的一幕依然心怀忐忑。等老闲带着一股水花冒出来，郝三的一只手还捂在胸口上，他以埋怨的口气说，啊唷，哥！都一把年纪的人了，你这是干啥呀？

老闲捋一把脸上的水，没好气地说，干啥！还有脸问，你不觉得脏啊？

郝三被呛，一时无言以对。但他很清楚，这条沟长年流淌着城里人的生活废水，怎么能洗身子呢？他说，即便要洗，也应该到河里洗，在这里，你是洗干净还是洗脏呢？老闲摇摇头，苦笑了一下说，我怕弄脏了黄河！

往后的第一个周末，郝三仍沉浸在惬意与幸福里，像喝了蜜一样。他时不时地翘首，眺望着柳林的方向，好像那里的柳树现在已变成了梧桐，能再为他招来凤凰。而老闲则不同，他一直深陷在悔恨与痛苦之中不能自拔。每天从早到晚，他都要洗好几回身子，总认为自己这身臭皮囊远没有沟里的废水干净。到第二个周末，正赶上河里连续涨潮，是出鱼的大好时机，由于过度忙碌，这反倒帮了他们。首先在郝三心里，那两个抓心搔肝的影子也被渐渐地淡化掉了。还不到第三个周末，郝三的身体便开始感到了不适，腰酸，膝软，浑身乏力，同时下体也奇痒难忍。他不知所措，更不敢看医生，因为这病它害得不是地方。咬牙挨过一月后，老闲迫于无奈，只好给鱼贩子金二打了求救电话。老闲想，金二混迹于城乡之间，自然见多识广，而且他们的合作已延续多年，彼此还是了解的，他相信金二能守口如瓶。金二问老闲到底是怎么个症状。老闲说，刚开始只是痒，到后来出了些小米粒大的黑点，而且越长越大，现在，龟头上的几个黑点在慢慢溃烂，关键是人没一丝力气。你说，三儿这是怎么了？

金二说，你们最近碰没碰过别的女人，比如小姐什么的？老闲沉浸了片刻，说，碰过。金二说，哈哈，我敢百分之二百地肯定，那是性病的症状。

老闲强调说，我为啥没事呢？金二说，这我就不清楚了。不过，事情也没那么严重，现在城里的各大医院都设有性病专科，去看就是了。

老闲一听，完了，这算什么办法啊？如果三儿入院，肯定纸里包不住火。水英眼里可揉不进沙子，要让她知道了，估计不杀人也会放火的。这一刻，老闲恨透了玛丽和露西，也后悔病急乱投医，将事情告诉了金二。

由于郝三难言的病痛，大唐水域昔日的红火像一下子被风卷走了。为掩人耳目，他只得偷着往城里跑，出鱼的事，也只好暂时放下了。这个老闲也认了。人常说，打鱼的不富，吃鱼的不肥，事情摊上了，就算破财免灾吧！只是家中那两个女人常令他愁得吃不下饭。玲儿还好说些，她自己一屁股的脏水还没洗干净呢，哪顾得了这边。最要命的是水英。老闲闭上眼睛，不敢再往下想了，只是在心里默默地祈祷，苍天啊！可千万别弄出什么风声，让一切就这么过去吧！

第二天清晨，太阳还差涩地不肯露脸，一片黑云便在其头顶上示威。从气象学的角度讲，这叫乌云接日，预示着午后必有大雨。若在往常，早起的老闲定会愤愤地骂一句，鬼天气！但今天他笑了，下吧！最好是连天下，他相信雨天会大大降低水英光顾这里的概率。但是，老天并没按他老闲的思路出牌，当午饭后他从林子深处捡完干枝返回时，仍没见一星半点的雨水从头顶上飘落。于是，一走出树林，老闲的心便开始狂跳不止。他背着树枝，深一脚浅一脚，一会儿小跑一会儿疾走，唯恐水英会先他一步赶到。在帐篷门口，他发现留守的郝三正蹲着一口接一口地抽烟，像只刚被踢出门的瘦狗。老闲见状，心里又是一沉，忙问道：没事吧？郝三没言语，只是往帐篷里努努嘴。

进来吧！我们的功臣。帐篷里突然传出了水英的声音，尽管语气出乎意料的柔和，但老闲仍重重地打了个摆子。

怎么，还要俺俩出去迎接你呀？

老闲想，算了，是福不是祸，是祸躲不过，伸头一刀，缩头还是一刀。事既然做下了，我姓唐的顶天立地有啥好怕的？但是，跨进门的瞬间他却惊呆了，帐篷里的一切还跟从前一样，且弥散着饭菜的香味。水英和玲儿端坐，除玲儿红一阵白一阵地面带愧色外，水英的表情并无异样。老闲忐忑地站着，他在默默地积聚能量，也好应对接下来暴风骤雨。

水英冲门外喊，三儿，是男人就进来吃饭！怎么，谁还不犯个错啊？看嫂子今天给你们炖的啥？乌鸡！这可是大补呢！吃饱了，大大方方地进城去，看好了病再回来。多大点事儿，还至于满庄子搭戏台呀？行，这回老娘就陪他们唱唱……

水英的嗓门越来越大，最后竟变得歇斯底里。她像是在为自己的男人打气，又像是在对外人宣战。

花开一季

　　守着河湾，守着这空场大院，在过去，即便是白天，也很少有串门的来家里叨扰一下，这让丽秋苦闷极了，她就像远古牧人在岩壁上凿画一样，试图以种花来消解这种苦闷。她迷恋网络世界里姹紫嫣红，迷恋大丽花的富丽，波斯菊的洒脱，太阳花的热情……为了种这些花，今年春上她几乎跑遍了周边所有的集市，才算将花籽搜罗齐了，可令她意外的是，三样花籽却种出了四种植物，不用说，她只能将其中的一种定性为草，准备与其他杂草一起锄掉，但就在铲子落下的瞬间她又心软了，她发现那几片稚嫩的小圆叶在风中微微颤动时是那么可怜，于是手下留情，想等它长大一些再作决断。这一等却等来了一路惊喜，首先这棵独苗有着超强的生命力，一不留神，其身段就比另三种花高过一头，叶子与茎秆也在不断变换着形状，怎么看都像是一棵肆无忌惮的蓖麻，唯独与蓖麻不同的是，其颜色泛黑，能反射幽暗的光泽。这让丽秋陷入了更深的困惑，再怎么说，这年月种蓖麻都是件很搞笑的事情。她纠结着，"蓖麻"也趁机疯长着，后来还出奇地开花了，是一种黑紫色的喇叭花，这种花一亮相，就以不同寻常的魔力征服了她。但是前不久，沿河一带有名的老中医韩瘸子来为她爹诊病，一进院门，就被这株"蓖麻"惊呆了。当时她爹在炕上躺着，她妈在跟前伺候着，只有她能够抽身到外面迎接，也正好目睹了韩瘸子那一脸的惊恐，韩瘸子说，丫头，你知道这是什么吗？丽秋疑惑地摇摇头。韩瘸子说，赶快铲了吧。丽秋睁圆了一双眼睛说，铲了，这么漂亮的花为啥非要铲了呢？韩瘸子说，这是黑色曼陀罗，不论是寓言还是古老的传说，都将这种花视为邪恶的象征，它会在暗夜里诅咒你，让你失去最珍贵的东西；就算传说不一定真实，但它的花粉和果实有毒却一点儿不假，尤其果实，吞下一粒就能让人即刻失去知觉，如果你家里有小孩的话，恐怕迟早得闯下大祸。

听了这番话，丽秋也舌根子发麻，但她矫情了一把，认为自己的家远离村庄在河边独住，仅有的家人又都是大人，谁没事去摸它尝它干啥呢？最终，她还是又一次悄悄地放过了它。韩瘸子的话她也没再向任何人提及，她怕别人知道了会满世界吵吵。好在韩瘸子很快就被打脸，因为除过担心容颜继续变坏之外，她生活中的色彩似乎都一切向好。尤其这道河湾里的馋洪坝今年修筑完成后，城里人也疯了似的跑来河边上转悠，同时捎带着到家里嘘长问短地凑个热闹，这么一来，她们家也从原先的门可罗雀变成门庭若市了。城里人来得多了，里面就不乏高人雅士，等渐渐熟了，就争相帮她爹出主意，城里人眼光深远，能看到她爹看不到的地方，让她爹在池塘边搭凉棚，以招徕垂钓爱好者；让她爹在家里养鸡，在塘里养鸭子，养欧洲雁，搞特色餐饮。城里人都说，现在能吊人胃口的就是散养的家禽和僻静的空间了。

尽管她爹一辈子只会在四道田埂上找安慰，但后来还是睡着的兔子被提醒了，想开个农家乐。一说起这个创意，她爹还很有成就感，好像全新的旅游形式是他独自开创的，或者说他们的农家乐已办得热火朝天了。她爹甚至还说，古有比武招亲，等农家乐办好了，咱就来它个置业招亲，反正咱家中无儿，亲是迟早要招的，不过要做好这件大事，就不能让这道河湾永远都鸟不拉屎，只要咱家里能红火起来，人来客去的，总会有对上眼的，况且咱有地盘，有大把的事业，就不愁没人入赘。如此看来，她爹在为她的婚事下一盘很大的棋。

开办农家乐首要的条件就是场地，这方面她家有现成的优势，鱼塘可以供客人挥竿尽兴，旁边有黄河做噱头能源源不断地吸引游客，不足之处就是房子太过老旧，满墙的裂缝既不能保证安全也有碍观瞻，于是便决定在原地翻建，施工方面，有人为他们介绍了城边上的包工头邵力平，但是介绍人也没藏着掖着，说邵力平手下有一帮好人手，活是做得不错，只是此人心术不正，爱招惹女人，但凡家里有大姑娘小媳妇的都不敢雇他，不过你家丽秋……

介绍人话没说完，她爹已全然领会，女儿缺颜值，若有人打主意也不会放到今天，这个他们无须担心。于是邵力平就像黑色曼陀罗一样被请进家里。按说，建个农家四合院算不上大项目，但邵力平和他的工人们却干了整整三个月，现在貌似交工了，万事大吉了，他们可以走了，但丽秋与他之间的战争似乎才刚刚开始，丽秋为他编排的荒诞剧也于他临走的当天中午在河岸边上演。现在，摆在他面前的，已不是撤退或转场那么简单，而是如何将大事化小。因为丽秋刚给他发了一个视频，尽管视频中她只是露了一双穿着红色网鞋的脚，但那双熟悉的大脚站的可绝对不是地方，那正是十多米长、三米多高，呈倒斗形斜插在河里的戗洪坝。这种石坝大多都筑在河水拐弯的地方，目的是为了让河水按人的意图流淌，以减缓对岸基的冲刷。但河水倔犟了几千年，滔滔惯了，任性惯了，它一浪推着一浪，昼夜不停地与石坝做着殊死较量，此起彼落的拍击声从未消停过，好像随时都有将石坝掀翻的可能。而此刻，她正站在坝头上。紧接着她又给邵力平发信息说，我的一只脚已迈出了石坝，你若不来，那就来生再见！

她知道自己所做的这一切邵力平不一定买账，或者他根本就不相信她会跳河，再怎么说，也没人蠢到因为当不成小三而轻生。但是他应该害怕万一，因为河水在向北奔流，一般站在岸边的人都会感觉岸在向南移动，站久了就会恶心眩晕，如果从石坝上坠落，必死无疑，只要邵力平有一分信了，那他就得以百米冲刺的速度向河岸边扑来。但是，邵力平还没来，她的耐性就差点耗尽了，看来想把人唬住也是件不容易的事情。好在邵力平最终还是中招了，就在她欲转身离去时看到了他的身影。风风火火的邵力平又让她重新燃起了希望，她立马又恢复了收拾他的信心。她知道自己这么做有些过分，而且拿死吓唬人本身也不怎么光彩，但她没办法，若不采取极端的方式，邵力平就不会理她，现在她也说不清对这个有妇之夫是爱还是恨，总之，他不光是夺走了她的一切，而且还要带走她的一切，她不能就这么简简单单地让他走掉，最起码也得让他知道河边上的土妞虽丑，也照样不好糊弄，他今天必须得说个鼠大牛二才可以离开。当然，她心里也清楚，邵力平肯定是要走的，房子竣工了，他没理由继续留在这里。倘若他硬挺着不上她的当，那今晚就该是他笑着走，她偷着哭了，因为她不可能觍着脸去抱腿撒泼，或告诉父母他们之间已发生了天大的事情，她知道那样做的后果，若真走了那一步，恐怕现在跳河就不再是演戏了。好在邵力平中招，他追过来了，正奔跑在通往石坝的土路上。这条土路虽说不宽，但曾经是平坦的，就因为修石坝转运石料才碾成了坑坑洼洼。看着邵力平狼狈的样子，她着实开心了一下，在嘴角微微上翘的瞬间便快速转过身重新面河而立，心想，还好，看来他还是在乎我的。这是年轻姑娘最天真无邪的想法了，但她哪里知道，在乎她，恐怕连邵力平自己也不信。他家中有一位劳苦功高的女人，这个女人曾为他两次剖腹产下了一双儿女。这些年他花花草草的事惹得多了，但对于老婆之外的任何女人都没付出过真情实意。他喜欢女人，就是不敢去真正爱她们，包括像丽秋这种充满活力的大姑娘，也只能满足他的占有欲，他深信爱是件徒增烦恼与悲伤的事情，因此，这些年他都是打一枪换一个地方，从不与女人纠缠。即便有时候良心发现，不想欠她们太多，也只能用其他方式去补偿。丽秋有一点估摸到了，邵力平是属牙膏的，不挤就不会出来，出来多少都得看挤的力度。她感觉，自从将她骗到手之后人家就开始装睡了，并逐渐掩耳盗铃装作什么事都不曾发生。或许他一直片面地认为她吃定了哑巴亏，现在他飞奔过来也只是害怕万一，因为石坝上突发性的危险是绝对存在的，所以这一刻他才会紧张，就算他不盼她死，想让她好好活着，或者说她自己也不是真打算纵身一跳，可万一失足了呢？尽管邵力平也认定她不会将他俩之间的事告诉父母，那闺密呢？倘若这世间还有另一个人知道呢？所以他肯定担心这一点。对于现在的邵力平来说，救人也等同于救自己，因为他无力承受所预计的后果。一旦她真的出现意外，他必然会因此身陷囹圄，身败名裂他不怕，因为他一直就没个好名声，他只怕坐牢。现在房子的最后一道工序已经完成，而且丽秋的父母及亲戚对房子质量也表示满意，按说他可以刀枪入库马放南山了，但是他绕不过丽秋这道坎。她不会饶他，也没办法饶他，她必须跳出来给他使绊子，幸好，还有一部分工钱没给他结清，工人们还在期待，十几双眼睛正滴血般盯着他呢，要不然他早跑了。千万可别说工人是他的苦力，他邵力平又何尝不是她们家的苦力呢？什么甲方乙方劳资关系，说白了就是拿钱使人凭苦挣钱，他邵力平唯一比别人高的地方就是带头大哥的身份，他是一没技术二没体力，但他有钱有脑子，脑子永远是好东西，与体力与技术比，脑子更能与经济效益挂钩。就像现在，他因为资金优势才当了工头，尤其在与她的关系上更体现了有钱人的魅力。在这处水水浆浆的工地上，他的圆领 T 恤永远都比其他人的干净，除却脖子上那条粗项链，她发现邵力平和灰头土脸的工人们在气质上仍有着较大差别。

邵力平乱糟糟的脚步声终于近了。丽秋穿着红衬衫的脊背直挺挺地立在那儿，像一尊涂了油彩的望江女雕塑。她听出邵力平的脚步声逐渐变轻了，料定他想来个冷不防，好一下子扑上去将她控制住。但她也不傻，她知道自己今天的舞台是石坝，是黄河，她必须依仗环境营造出来的惊悚气氛摧毁这个男人。就在邵力平离她还剩三步远的时候她警告说，停！再往前一步我就跳下去。

邵力平一个后仰立住身子，但他仍故作镇静，以强硬到近乎长辈的语气说，你闹够没有？

丽秋没被他的语气震住，红色遮阳帽后带里伸出的马尾辫左右晃动着，让邵力平看出了她的坚决。石坝下的河水还在折腾，对面毛乌素沙漠与河岸的连接处，一层接一层的气浪混沌深邃，像极了另一个世界的样子。突然，他扑通一下双膝跪地，竟哇哇地哭了起来。这并非他使出的杀招，他是黔驴技穷了，但男人声泪俱下的号啕是无法表演的，他真的吓坏了，被她算计了，因为在任何人眼里，没有比目睹一个年轻生命的消亡过程更残酷的事情了，这样的结局是他根本背负不起的。

丽秋说，你跑来干啥？让我死掉算了。邵力平清楚，此等状况下任何甜言蜜语都显得苍白，他只能开门见山，突然止住哭，央求说，姑奶奶，你到底想怎样啊？求你了，说吧，我保证一一照办，呜呜——

丽秋总算是转过身来了，她认为火候到了，一切都反转了，邵力平变成了弱者，凭他这一滩烂泥的样子，即便动武她都赢定了。但她没有离开坝头，这让邵力平的脸色变得更绿了，傻子都能预见到背对黄河会比先前更加危险。丽秋是转过身来了，但她的脚依然在原先的位置上没动，脚后跟仍抵在石坝的边沿上，像十米跳台运动员那样随时想来个后空翻。邵力平立马就改变了之前的想法，尽管他不算河边人，但他应该听说过但凡这河边上自杀身亡的女人，从没人选择过跳河之外的死法。所以这会儿从丽秋身上，他看到了一种选择。

这就叫尺有所短，寸有所长，邵力平是聪明人，但聪明人也有神经搭错的时候。丽秋所处的地方是危险，换做他也早就晕了，掉下去了。但这危险看对谁而言了，对于丽秋却根本不算什么。她是河边上耍大的女孩，从小就跟着父亲在鱼塘里划船下网，别说这固定的石坝了，就是摇动的船帮上她也能健步如飞，即便按邵力平预想的失足坠河，她照样能毫发无损地在下一道湾里上岸。邵力平却真的绝望了，实在无计可施的时候他只能左右开弓扇自己耳光，啪啪啪！正扇得起劲时，他的手却突然碰触到了脖子上那条粗项链，他心头一热，立刻将项链解下来捧在手上，他已将化解危机的全部希望都寄托在这条价值两万元的项链上了。然而丽秋却不屑地一扭头，没好气地说，你干啥？是想拿它打来打发我吗？姓邵的，你也太瞧不起人了吧？太侮辱人了吧？我一个黄花少女的贞操，一条青春年少的生命就值这个呀？

丽秋再度调转身，欲做跳河状。但她没想到，邵力平的脑袋却一下子开了灵光，他来个反其道而行之，在身后鼓动说，跳吧！你跳了我也跳，不就是一死吗？这有个啥呢？

他将心这么一横，丽秋倒显得被动了，她得赶紧往回收，好让自己重回到主动的位置上。她说邵哥，我不想活了，但我真不想让你为我陪葬，因为我爱你。你不想离婚，舍不得孩子，唯独能舍得我，这说明我是最贱的，所以我必须死。她这样告白，就是要让邵力平彻底相信她是玩真的。果然，他再次上套，颤悠悠说，丽秋，我也爱你，只不过咱们的事还得从长计议。俗话说心急吃不了热豆腐，你给我时间，只要你给我时间，当初的诺言一定会兑现。这链子你先收着，我知道黄金有价情无价，也知道它与你的付出不成比例，我只是想表示一点心意，别的咱慢慢商量，好吗？

丽秋总算又转过身来了，冷峻的目光重重地打在邵力平捧过头顶的项链上，但她的脸色却比目光还要冷峻，脚后跟还抵在石坝的边沿上，好像仍在为后空翻做着准备。她冷冷地说，行！那咱就商量吧，你打算咋办？

邵力平的脸色总算是稍稍好看了些，他说丽秋，算我求你了，你就往前跨一步吧，我心脏不好。丽秋"喊"了一声说，在我身上连嘘带喘的时候也没见你心脏不好啊？你还是说点有用的吧？你是聪明人，知道我要什么，你今天必须得给我一个满意的答复，不然的话，我随时都准备嫁给龙王爷。

邵力平倒吸了一口凉气，这丫头太狠了，她这是要拆了我的后院呀，这怎么行呢？说实话，这一步他连想都没曾想过，但他还得先应着，不但应着，还得表现出一千倍一万倍的诚意来。这时候，邵力平应该是最清醒的，他知道这世上最不靠谱就是承诺，如今开出这种空头支票的男人多了，有几个兑现的？他说哥知道你的心呢，也感谢你这么爱我，其实我也很爱你的，也期待着有朝一日咱俩能像一对鸟儿双宿双飞，但毕竟哥家里还一摊子呢，这需要时间去处理，你给我三个月，三个月之后我就是你的，好不好？

说这些话的时候，邵力平没直视丽秋的脸，他的眼睛一直死盯在那双穿着红色网鞋的脚上。他觉得这双脚的移动或许决定着两个人的生死。突然一阵风由北向南吹过，丽秋宽松的红衬衫一下就贴在了右侧的身体上，腰部的曲线也立马被吹得显现了出来，但此刻再好看的东西也打不动心不在焉的人，何况她仅有这副蜂腰鹤腿的身材，五官却一塌糊涂。邵力平没理会这些，说简单点，那都是他已知的领域，他只是心里一紧，下意识地做好了扑救的准备。

在这缕稍纵即逝的风里，受影响的不光是丽秋的红衬衫，包括她整个身体都明显地随风晃动了一下。这一晃，不仅让邵力平的汗毛竖了起来，就连丽秋自己也吓得不轻，心想，幸亏是北风啊，要是西风的话说不定还真被刮下去了，尽管她确定自己掉河里不会淹死，但她却不想玩这种惊心动魄的游戏。她让自己往前跨了两步，然后歪过头去追逐风的踪迹，这缕旋风将河滩上的苇草梢子一顿抽打之后便匆匆向南掠去，但它同时也带走了丽秋的目光和思绪。南边距此五百米左右的苇丛里有她家弃用多年的一条老木船，恐怕她往后再也无法回避那条船的存在了。这条曾劈波斩浪的船从水里活到了岸上，变成了一堆铁钉组合起来的死木头，但现在它好像又活过来了，反正丽秋就认为它活了，而且正在为一件事做着见证。在它充斥着鱼腥味和枯草味的隔舱里，邵力平将她变成了女人。在这短暂的九十天里，他们已偷偷幽会了好多次，随着次数的增加，她对他的依赖也在不断增加，直到现在，在她已完全离不开他的时候他却要闪人了。她知道这种分离是必需的，无法抗拒的，但也不能拍拍屁股不沾土吧？最起码也该给人一点期待，一分念想吧？看来他的心是黑铁做的，硬得让人不寒而栗，而她却一直认定他就是自己今生今世的男人，没有之一。当然，这些话也是邵力平在得到她之前一直挂在嘴边上的，但这种承诺竟然正跟着河水越漂越远了。说真的，这口气她咽不下，那些情景她原本是不想深挖，挖得越深自己就伤得越重，她担心自己会被摧毁。

邵力平仍然跪着，手里还捧着那串项链，只是没再举过头顶，那样做他也坚持不了多久。这让丽秋心里有一股酸楚的感觉。这时候她又开始怪自己了，俗话说，男儿膝下有黄金，跪天跪地跪父母，哪有跪女人的道理？此刻的惊天一跪，邵力平心底里爱与恨的天平肯定是倾斜了，或许对她的恨会更多一些。想到这，她也顾不上给自己找台阶了，只挖他一眼，就权当是个台阶，然后以略带央求的语气说，还不起来吗？

邵力平说，不敢。

这样就越发确定邵力平在恨她，因为是她让他丢了男人的尊严。她说，我知道你在恨我，若不是怕自己担事，估计你巴不得我一头扎下去呢，对吧？

邵力平痛苦地一撇嘴说，你又想错了，我还真没恨你，我恨的只是我自己。这次的事我知道对你打击很大，是我害得你一个姑娘家寻死觅活，我真是混蛋透顶、罪不可赦。不过你还年轻，有着大把的机会，现在我只是希望你能够想开一些，我发誓，将来一定好好爱你，请相信我，毕竟咱们的路还长。

邵力平再次靠他的三寸不烂之舌赢得先机，在她的搀扶下艰难地站了起来，或许是跪得太久了，再加上过度紧张他出了一身透汗。对于狼狈到如此地步的邵力平，丽秋已经没有恨了，有的只是心疼，毕竟这是她一心要追随到底的男人，她早就将她爹置业招亲的希望寄托在邵力平身上了，他可是未来农家乐的老板啊，怎能受此等屈辱呢？她一边为他拍打裤腿上的尘土，一边解释说，你不要怪丽秋，丽秋也是没办法，如果你不要我，那我真就死定了。但她却没反过来想想，如果邵力平要她，那他自己就死定了，现在他如同死鸭子烂在田埂上，就剩下一张嘴了，有这张嘴在，他还得接着忽悠，他说秋啊，你别再胡思乱想啦，你这么可爱，我怎么舍得呢？放心吧，我都是大叔级的人了，这世间老牛吃嫩草的机会可不常有……

邵力平像条冷血的海蜥蜴总算在光照下养足了精神，再一次变得油嘴滑舌，而且他的热量也感染了丽秋，听了他的表白，丽秋的脸色又逐渐有了暖色，变得好看多了，还轻挑地给了他一巴掌，说，去你的。接下来，邵力平心虚地看了看四周，见没人便一把抱住了她，拍着她的后背说，等着我。然后将那条粗项链交给她。这便是另一个杀招，因为项链是必须要舍弃的，否则他的戏就演不足，戏份不足便无法打动他的观众，更无法摆脱纠缠。在丽秋看来，邵力平这些举动不能完全算是表演，但他确实就在表演，糟糕的是她最终全信了，她一信，就开始替他考虑了，她说，这么大的项链突然没了，你老婆问起来咋办呢？邵力平说，没事，我就说下河游泳忘摘了，掉河里了。再说，这也不是给你的，只让你代为保管，等咱们重新相聚时你再亲手为我戴上。

邵力的柴油皮卡冲出了院子，只留下一股掺杂了尾气的轻尘。从这一刻起，丽秋的心更空了，她的心越空，她爹储藏好酒的沙木柜子也就越来越空。她有了偷着喝酒的毛病，是因为酒能在她难以入睡时帮上忙。她发现只有酒与她心底的滋味相同，都五味杂陈。农家乐的成功超过了预期，游客们慕名而来，起先是为了观河听涛，现在更多的是为了吃一顿绿色的农家饭。她系着朴实的花围裙招待他们，必要时也挨桌碰个杯，但从没醉过。她只是在夜深人静时才把自己灌醉。这样白天忙晚上醉也感觉挺好，至少没那么多功夫纠结。院里的花也依次开过了，败过了，曼陀罗桃形的大叶子已黄如符咒，往中间打着卷儿，无论从哪个角度看，都无法与美联系在一起了。

只差三个

　　脚一跨出门槛，柳德成总是要抬头看天的。因为天气好他心情才好，才能干不少活计。但他的眼睛不行，看天时眼底子发酸，即便没有风，都免不了扑簌簌泪流。这是身体给出的信号，提示他已是个老人了。但他不信这个，一辈子都没说过尿话的人现在也不想说。他想把这口气再撑撑，如果这口气松了漏了，人就会变成废皮球，恐怕拍都拍不起来了。为了还能动起来，首先他得让儿子放心，只有儿子放心了，才会放开他的手脚，他说，渠里的水淌着，那叫活水，不淌了，就叫死水，同样，人还能动，那叫活着，一变成吃饱蹲，也就算死了……

　　这些话听着别扭，逻辑性也不强，但道理还是有的，至少儿子从话语间读出了他的心思，儿子想，或许咱爹就是怀揣真理的奇葩，心理上年轻，又想证明点什么，那就证明吧，反正他认准的，喜欢干的，咱也干涉不了。但是有一点儿子始终存疑，那就是钱，按说父亲手头上应该有钱的，这些年除了土地流转金和养老金之外，他还天天拼老命挣钱，那钱都去哪了？每当提及此事，柳德成都支吾其词，说他老来多病，挣的钱除了生活，剩下的都送给药店了。这样的解释显然不够分量，因为他的身体一直是硬邦邦的。好在儿子怀疑却不想深究，因为老爹在这个年纪还能自食其力已经不容易了。

但是邻里们也越来越看不惯柳德成了，特别是与他同龄的人都在为他纠结，最终给他的定性也就一个爱钱。人老三种病，怕死、想钱、没瞌睡，仅想钱这一条，就是冲柳德成这种人说的。现在，柳德成每天仍伸长脖子像头拉磨的驴，一旦被蒙住眼睛，就一条道往黑里走。钱嘛，何必呢？生不带来死不带去的，土埋到嗓子眼了还抓着那些没用的东西不放，简直蠢透了。

对于别人的叽叽咕咕，柳德成权当没听见，他觉得反驳既没有意义也说不清楚。想钱怎么了？这世上需要钱的人多着呢，况且做人嘛，内心干净了比啥都强。什么是干净？做事凭良心，外带有爱心就算干净。咱这辈子，违心的没做过，烫手的没拿过，大锅饭时期当了十来年生产队会计，都没给自己多划拉一毛钱。

一说到当会计，柳德成心里总能翻腾出很多东西，酸的甜的苦的辣的，各种滋味都有。他的童年正处在中华人民共和国成立初期，那时候，能有口吃的续命，能背上母亲缝制的蓝布书包去上学应该够幸福了，但是学校远啊，他的家，也就是他生活的这个村落，距老寨子那所六年制学校足有七八公里路呢。这么远的路让十岁以下的孩子用一双小短腿每天去丈量，本就属无法完成的任务，因此与他同龄的娃娃都相继辍学了，他们没能坚持到第三年，学到的那点东西也在成长的路途中丢光了。柳德成喜欢上学，尽管那条弯弯曲曲的土路上只剩他孤独的身影，但他仍不想放弃，他想咬咬牙，多学一个字算一个字，多做会一道题算一道题。最终，他与命运相搏的勇气也感动了同庄的韩瘸子。韩瘸子是一位独腿老者，懂些医术，他在老寨子开了一家没挂牌的诊所，每天都骑着毛驴去上班。韩瘸子心软，他担心柳德成的小身影哪天也会从这条土路上消失，于是将他提上了驴背一驮就是三年，让他幸运地念完了小学。等他长大后当了会计，想报答韩瘸子的时刻，韩瘸子已经不在了。韩瘸子从驴背上掉下来就咽了气，没给他报答的机会，却让他背负了很多东西，好像自己的良心悬挂在空中无法着陆一样。他一直被自己的灵魂驱赶着，到如今，依旧勤劳，但这种勤劳依附在七十岁的老者身上就显得极不协调了，尤其他那辆哗啦作响的三轮摩托在庄里庄外频频出没时，连年轻人都会感觉到心里边难受。眼下能让人信服让村庄骄傲还与柳德成沾边的，也就他儿子柳青了，柳青很争气，当年考上了名牌大学，现在在城里当高管住高楼，一看就不是缺钱的人。按说儿子家境殷实，他自然衣食无忧，可他呢，还变着法地折腾，夏天捉泥鳅，秋天逮水貂，冬天凿冰鱼……哪里都有他的影子和他的足迹，他这么任性还让不让别人过了？

其实，这个冬天柳德成已经凿不动冰鱼了，他感觉用了好多年的铁凿子突然比以前重了，入冬时他找出来掂了好几次，都没有过去那么称手，于是他放下了。但他仍不想闲着或放弃干活，他必须动着，为了还能动，柳德成观察了三四天，看这个宁川平原的冬日还有啥能让他继续活泛起来。但是他笑了，他的笑源自于一份感动，源自于家乡的丰硕与博大，邻里们褒贬他几十年了，说他拴在石头上都饿不死，他们懂什么？饿不死，那是因为石头周围有吃的东西，他一直都觉得家乡更像慈母，不分春夏秋冬都能养育人。

柳德成准备打蒲草了。打蒲草虽然不那么好听，但它费力小还照样卖钱，只是蒲草这东西有个贱名声，若在几十年前它是一分钱不值的。不值钱还不算，这边一直都用卖蒲草来挖苦人或形容人的穷酸和走投无路，比如，你穷得都卖开蒲草了。但蒲草泼实，一不留神就能长过人的头顶，它能够茁壮成长其中最主要的原因是不招牲口待见，骡马牛羊驴都不吃它，由此它可以放心地长，就算冬天它枯了死了，也不用担心有人会动它。在曾经过往的那些艰难日子里，庄户人再穷，

131

冬天还是得有盘热炕的，于是积攒柴火对他们而言是一项重要工作，野地里但凡能燃烧的植物或树的枝叶都被捡拾光了，唯独蒲草立在那儿安然无恙，因为它百无一用，即便是烧火，手还没烤热就噗的一下变成了灰。但近几年时运变了，随着日光温棚的兴起，蒲草也开始有人问津了，因为当冬天的夜晚来临时温棚得有蒲苫盖，这个蒲苫看上去更像一张席子，只是比席子要厚实好多倍，放在温棚上，白天卷起来，晚上再展开，既轻巧又方便。只是蒲草这东西总有它那份贱到骨子里的秉性，它不瓷实，打一张蒲苫用不了多久就烂了，就得换新的，它身上唯一的优点就是轻，下雪天也不至于将菜棚压塌了。即便这样蒲草都不是很惹眼，因为它名声不好，别人怕拿它卖钱遭人埋汰。况且，蒲草装一车也缴不出多少斤两的，想卖也只好数捆卖，看一捆多少钱，这样操作起来伸缩性比较大，贩子们往往能将价钱砍到最低，不卖，还怕堆久了被野火给烧了。外加这东西脏，被割倒时蒲毛骨朵也会紧跟着炸裂，白花花地到处飞，还喜欢往人身上沾，瞬间就能将你装扮成白毛老怪，就像给打蒲草的人贴了标签。有了这一身白毛，你想不承认打蒲草都难，当你带一身白毛回家时，就感觉连整个村庄都会紧跟着黯然失色。

柳德成无从选择，毕竟割蒲草轻省，在体能范围内他不用硬挺。蒲草也好割，只要不顾脸面，不把别人的嘲笑放在心上，再有把快镰刀，压着冰面拉，蒲草就紧跟着你的节奏嚓嚓嚓地倒下了。宁川沿河一带湖泊湿地到处都是，湖连湖滩连滩，有湖必有蒲草，即便在别人承包的鱼湖里割也不会受阻，因为这东西麻烦，擦着冰面挨了刀就如同冬眠，明年春天还齐刷刷醒过来，不割才坏事呢，等冰化了，它就会倒伏在水里，将水泡臭了影响鱼的生长。但柳德成没去湖里，他不想舍近求远，再加上蒲草无处不在，稠密与稀疏他不管，一天割多割少他也不太在乎。他已经七十岁了，不论每天挣多挣少都算是赚的，只要有收入，便可以积少成多，还能够带来快乐。这其中的大道理他虽然不懂，但帮助别人能愉悦自己他倒是深有体会。他看上了北大沟。这条沟很长，另一头能通到河里，对于住在河边上的人来说，河永远是最大的，河大了，通到河里的沟渠也就显得大了。沟渠有时候也像爹妈心尖上的孩子，不论能延伸多远，都是有根的。最吸引柳德成的，是沟边上这条大路，它便于运输，贩子的车就像条喂乖了的狗，总是在这条路上来来回回地游荡，掠过他身边时也不忘汪汪两声（打喇叭），这个他明白，人家在问他蒲草卖不卖。

不过再好的事情都有不好的一面，沟边的大路上时常有熟人经过，但凡有自行车吱吱地骑过来，大都会如约停下，摩托车也一样，因为不停下来，他们就弄不清沟底下沾了一身白毛的人是谁。尽管柳德成低头不语，仍专心挥舞镰刀，咔嚓声合着他的气息在极力抵制来自于岸上的好奇心。最受不了的，是那些人的耐性，只要他不抬头，他们当中竟无一个人半途而废，都有不得真相绝不收兵的韧劲。有时候柳德成想挺一挺，他认为自己在做事，而他们却闲着，就如同砍柴的跟放羊的闲聊，最终我羊吃饱了他们的柴却没有砍下。想法是对的，但他挺不住，毕竟是老了，挺久了腰会疼。当他无奈地立起腰身的时候，来自岸于上的惊呼次次都能将他冲个跟头。这些拿打蒲草当热闹看的大多是年轻人，而且都认识他。夏秋两季他与他们争着抓泥鳅逮水貂他们都认了，权当他没事干出来找乐子，但割蒲草可不算找乐子，因为除了能卖几个小钱之外这事没啥好玩的。

当他吃力地挺起身子，抹去满脸的蒲毛看向岸上的时候，瞬间捕捉到的几乎是同样的表情，那表情既惊恐又略带同情，当然质问也紧跟其后，呀！德成爸！咋了？是不是青哥（他儿子）在城里出事了？

每遇这种情况，他都得不厌其烦地做解释，说自己闲待着无聊，出来锻炼锻炼。可没人信他的，都劝他别再隐瞒了，事有事在嘛，怕啥？缺钱你吭声，老话说远亲不如近邻，近邻还不如对门……

柳德成只能苦笑，他说谢谢你们，我家里很好，我真是想舒舒筋骨呢。有人质问说，有这么舒筋骨的吗？常言道"人过七十古来稀"，你都古来稀了还这么玩命干啥？再说了，练太极锻炼身体又能防身，你咋不练呢？

不是别人不知趣，而是他的行为确实令人费解。不过这样也好，他每天用于应对闲言碎语的时间就有三分之一，从另一个角度讲，他也无意中得到了休息，保存了体力，况且他又不过分追求数量，他想要的主要还是那个"动"字，其次才是钱。动是最高追求，只要能动，就说明这尘世还属于自己还属于这个世界，这一动，倒把大半个冬天动没了，这条沟也快被他动光了，当然他心里确立的指标也快要达到了。他感叹，动起来就是好，不仅目标实现得快，连时间也过得快，当然，肚子也饿得快。饿是一种习惯，好像从半年前儿媳妇提醒他别再吃搅团开始，他都会在晌午之前感到饿，一饿，就很自然地想起搅团。一直都是这样。只有早上吃搅团他才能熬到晌午过后。没了搅团，他每天都得花很多心思来考虑到底吃什么。现在他已打定主意，等中午回去后一定再弄碗搅团吃。最近他可想吃搅团了，因为搅团是他一生中最爱的主食，顶饱且百吃不腻。由于酷爱搅团，他才得一外号叫柳搅团。他觉得儿媳妇是城里人，大概人家不喜欢搅团才不让他吃的。可搅团就是好吃，听说现在城里餐厅一盘子荞麦面老搅团能卖几十块钱呢。

他又看了看天色。太阳还稍稍偏东。他认定冬天的太阳没劲，冷冰冰的，是挂在那里看样子或出来磨洋工的，跟我这老汉一样没精神。

他面朝南坐下来，坐在一把蒲草上，然后抹掉脸上的蒲毛，从上衣兜里掏出一块馍馍。冬天冷，馍馍只能装在挨肉的地方。他轻轻捏了一下，感觉还软着，但却不是很想吃。因为他怕噎。最近这段时间一直这样，吃别的还行，就是吃馍馍噎得很。这时候他又开始责怪儿媳，是儿媳半年前说的话太吓人，才导致他再也不敢吃搅团。她好像是从微信上看的，说长期吃搅团容易将食道烫伤，继而转化成癌症。不管微信靠不靠谱，食道癌还是很要命的，于是他听了儿媳的。也因为恐惧，他没敢再吃搅团。可今天他突然想了。吃了一辈子的美食，即便有风险，也多一次不多，少一次不少，过把瘾总行吧？可他现在饿了，他想，要是早上吃了搅团出来就绝不会饿的。

柳德成将馍馍反复往嘴里喂了好几次，可是嘴就是不接受，好像他这张嘴今天闹情绪，故意跟人的想法对着干呢？怎么会这样？明明饿着呢。这时候，他将目光落在身边的保温壶上。壶是他最中意的，很漂亮，外表涂着迷彩，冠以军用的意图。这是种消费心理，但凡穿的用的，只要与军用沾上边，似乎就能够保证质量。柳德成拧开壶盖，又将馍馍递到嘴边，他想，得努力吃几口，因为离晌午还有一阵子，得补充能量好继续干活。他用力咬了一小口，嚼了嚼，然后喝一口壶里的水，像吃药一样扬了下脖子，但只咽下很少的一部分，他连喝了三次水，仰了三次脖子，才算将馍馍冲了下去，如此往复，就有些黯然神伤，心想，我真的老了吗？不会吧？我才七十岁啊？一直都好好的，难道干这么点营生就累得吃不下东西了？不管怎么疑惑，最后他还是向现实妥协了。向现实妥协就等于向自然规律妥协。毕竟是年龄不饶人，老就老了吧，又不是丢人的事儿，缓上个十天半月再出来干也没人笑话咱。他看了看沟梢，也就剩三四百米的样子，而且蒲草的长势似乎还越来越好了。好蒲草在那里挺着，腰杆直直的，像是在向他招手，又像是在向他示威，于是他眉毛一扬，打算接受挑战。不论多乏多累，也要坚持将这条沟里的蒲草割完，不割完太可惜了，割完了就差不多又能凑够三千元，这样离他了却心愿也就更近了一步了。到时候，他一定将身子躺展了好好缓两天。老了嘛，硬撑是不明智的。心里这么一嘀咕，倒把自己吓着了，他觉得自己好像是从这一刻起才老的。他将馍馍装回兜里，拧好保温壶的盖子，决定不再多想，眼下最重要的应该是找回之前的状态才对。等打定了主意，便即刻往起翻，但连翻了两次都没有翻起来，好似屁股被地皮吸住了。这是咋了嘛？为啥腰杆子突然没劲了呢？难道承认个老就真的不行了吗？问了好多问题，问来问去也都是问自己，后来他笑了，这有个啥呢？一连几个月不得闲，能不垮吗？看来啊，是天气想给我放假呢，那就放吧。他又向沟梢看了看，虽有些不甘心，但还是决定今天就到此为止，这把年纪了是该悠着点，生命嘛，也得细水长流，活得久，才能多吃几顿搅团嘛。

因为搅团，柳德成回到家的时候依然兴致勃勃，他将三轮摩托停好，又把身上的军大衣和老棉裤脱下来往车厢里一扔，便一路小跑冲进屋里。屋里有干净衣服，有火炉，还有热炕，很暖和，也很温馨。这是他细心操持的结果。他每天出门前先用碎炭将火炉封上，再将炕洞里填满碎柴火，这些细节他掌握得驾轻就熟，到他下午回来时炉火刚着好，炕也刚好热。老伴儿没了，他得让屋子原模原样，如此便当作老伴还在。如果屋子脏了，气氛凉了，就保不定自己会由此伤心。他也寂寞，也害怕孤独，但排遣的方式却与众不同，除过让家维持得像家之外就是不停地干活。他不想再婚，尽管儿子曾劝他再找个老伴儿，儿子说，论条件咱有呢，咱这四合院也足够排场了，你还是再走一步吧。不论娶谁，只要她真心对你，往后她就是咱妈。柳德成冷着脸问，你缺妈吗？儿子没理他，继续说，爹啊！您就别再绷着啦，有个女人这屋子里才暖和嘛，屋子里暖和了才能像个家嘛。柳德成眼睛一翻，环顾一下屋子，不屑地说，怎么？这屋里冷吗？

说到底，柳德成不想跟儿子进城住，也不想找老伴儿。他心里坚持的就一个"守"字。守的意义很宽泛，但在柳德成这儿仅两种，也正是这个"守"字一直给他的晚年添加着能量。因此，对于儿子的提议每回他都态度坚决，头摇得跟拨浪鼓一样。他对老伴的坚守儿子也估摸到了，也为他长眠于地下的母亲感到高兴，但这只是其中的一个方面，恐怕还有另外的隐情他不知道。

今天，柳德成真是累了，饿了，又累又饿的时候他只想两样东西，一是老伴，二是搅团。好在搅团的制作程序简单，先熬稀饭，等米熬烂了再将面粉倒进去搅，因此搅团还有个名号叫三百六十搅。柳德成喜欢在开搅前先舀出一碗稀饭来晾着，继而再甩开擀面杖一顿猛搅，搅黏了搅稠了就算搅好了，接下来开始制作蘸料，蘸料是他家独创的，配方从不外传，只是那股酸酸的香气却不受他的管制，每回飘出去都能馋死人。

饭好了，他双腿一盘，像往常那样习惯性地放了两双筷子，就算正式开饭了。他夹了一大块搅团，蘸好蘸料，在嘴边上试了试，感觉不烫才吃进嘴里。由于正饿着，便有股狼吞虎咽的冲动，只是那种自如的吞咽对他来说已经太难了，他嚼了老半天，也没有顺利咽下去，就像有一只手掐着脖子，结果把眼泪都噎出来了。他只好喝稀饭，尽管稀饭也感觉有点噎，但好歹能喝下去，他暗想，人啊，过了五十岁就一年不如一年，过了六十岁就一月不如一月，一过七十岁呢，也就一天不如一天，谁都别想例外。看来这回是真累坏了，累得连饭都吃不下了，不过也没啥，缓上一阵子就会好的。

一连睡了三天，还是咽不下东西，下炕的时候还有点头晕。这下，他心里禁不住一紧，忙给儿子打了电话。天刚擦黑时儿子回来了。他就怕老爹有事，尽管是老爹执意留在这里，可要真出了事就无法解释清楚，何况这个时代的舆论是可以杀人的，光别人的唾沫星子就能淹死他几百回。

车一路疯跑来到市医院，做完内窥镜检查，护士将柳德成带去观察室，他儿子却被医生留下了，医生说，你是他什么人？

儿子说，他是我父亲。

医生说，那行，我就不瞒你了，但你得瞒着他，从检查的情况看，可初步诊断为食道癌，不过最终还得明天会诊后确定，你先办住院手续吧。

果然是晴天霹雳。儿子几乎是洒泪办完了住院手续，他的泪大多是悔恨的泪，大概此时天底下他最恨最不能原谅的人就是自己了。他暗下决心，不论花多少钱，也要尽力保住老爹的命。爹只有一个，没复制也没有替补，一旦失去就是阴阳两界，为此他揪心着彻夜未眠。柳德成倒是在输完两瓶液体之后呼呼地睡了，留下儿子用熬夜来惩罚自己。他不知道，更大的打击还在天亮之后等着他呢。经过会诊和进一步检查，最终仍确诊为食道癌晚期。医生直摇脑袋，意思是希望不大了，如果是早期发现，还可以手术，但现在，也只能试试化疗了。

外三科是肿瘤外科，因为怕患者忌讳才称作外三科，但柳德成在这里住了仅一星期之后便心里起疑，他问儿子，我到底啥病？儿子正要张口时又被他制止了，他警告说，该是啥就是啥，千万别哄爹，爹都这把年纪了，早就活明白着呢。

儿子这才泪如雨下，他忍了七八天了，他知道，再也瞒不住了，等明天一接受化疗，一切便真相大白。他说爹，您别这么说，咱还有希望呢，好多人都经过化疗治愈了，没事的，您不要太担心。柳德成说，我不担心这个，就担心你骗我还骗你自己，化疗，不就是癌吗？再说这化疗我知道呢，前年庄子上杨阿力他爹就一直化疗，听说花了好几万还遭了不少罪，结果人还是走了。

柳德成说啥也不在医院里待了，他说娃呀，咱回家吧，别在这瞎费工夫啦。

儿子说，回家，回哪个家？

柳德成说，当然是回庄子上的家呀！

儿子说，爹呀，我求你行不，就现在你儿子的脊梁骨都快被人戳断了，你还要回乡下，难道我城里的家不是你的家吗？

柳德成说，儿子啊，对于当爹的来说，你飞得越远越高，爹越高兴，但不论你身在哪里，生你养你的地方才算是永远的家。

柳德成回来了，但身体每况愈下，原先还能勉强喝点稀饭呢，自得知患癌后就只能用牛奶和一些果汁续命了。他知道自己命悬一线，但是还想熬，只要再熬上两个月土地就化了，到时候挖坟就没那么吃力了。儿子料定他心里有事，他说爹啊，您有啥未尽的事情就说吧，有儿子呢，儿子一定会替您完成的。柳德成有点为难，但最终还是被儿子的诚心打动了，他掏出钥匙，一指墙边上的柜子说，去打开，那里面有个小匣子你把它抱来。

这只油漆抹黑的木匣子可有些年头了，儿子小时候就见过，那时候老爹用它盛生产队的账本。现在里面装着什么他一直在猜，他想，人在弥留之际才道出的秘密，一般都是他人生中最为忌惮的或难与人言的，对父亲来说，用生命保管至今，应该是与生命同等重要的东西。

匣子上还有一把锁，但柳德成没有即刻打开。他将手按在匣子上一直盯着儿子，许久后才说，你得保证替我完成，还不能让人知道。

儿子点下头，很坚定地说，放心吧爹，我保证！

匣子打开了，里面并没有钱，也没有出生证明，只有一张表格，还有一沓子汇款后留下的存根。见儿子一脸狐疑，柳德成说，对不起，儿子，这些年我瞒着你们，一直在捐资助学呢，我计划凭自己这双手，在十年内资助三十个学生，每人每年一千元，等完成了，我就心安理得地去了，可现在，只差三个了。

太意外了，这意外也让儿子惊得一时间说不出话来。儿子不认为父亲的做法欠妥，而是觉得父亲的形象就像立在自己面前的一棵树，一下子高大到遮天蔽日了。儿子说，爹啊，这么好的事儿为啥不公开做，还连儿子都瞒了呢？柳德成说，真正的善行，是左手舍散的，不可以让右手知道，也就是做好人要低调，做好事不张扬。爹不想让人知道，这样就行啦，等我咽最后一口气的时候也不会害怕了，只有做下好事的人才不会害怕的。儿子抓着他的手，又用力捏了捏，这一捏柳德成懂了，也终于心安了。儿子说，放心吧，爹，您的话儿子都记住了，不就剩三个吗？剩下的，我来！

老　铁

　　也不知集团副总的哪根筋搭错了，竟要从男员工当中给自己选一位秘书。这件事尽管在公司上下一石激起千层浪，说什么的都有，但摊在政工科的老铁头上，却是个喜上眉梢的好消息，他太高兴了，因为科长已第一时间通知了他，让他做好面试的准备。

　　老铁彻夜未眠，第二天一大早便指派女人进城为他买西装和皮鞋，并叮嘱尽量买品牌的，若舍得投资的话，买名牌更好。还叮嘱说，一定要蓝色。

　　女人诧异，眨巴着肿胀的眼睛说，你不是一直穿灰色吗？突然罩一身蓝，不心疯吗？

　　老铁猛然感觉女人的话比以往任何时候都不中听，于是质问说，你每天不是瞪大眼睛看电视吗？没看到陪在领导身边的那些人的穿着吗？

　　一连两问，好像并没让女人睿智起来，她又眨了眨眼睛说，我看到了，他们怎么了？

　　每当女人在他面前打哈哈，他都搞不清她是真傻还是揣着明白装糊涂。他急吼吼地在屋子里转了一圈，本想发火，但突然又觉得让女人掏钱的时候是最不该发火的时候，于是他抬手抒了抒胸口，感觉气息稍稍顺畅一些，便提示说，他们在出席重要场合时不是都穿蓝色西装的吗？

女人似乎仍有些懵，嘴一撇，边转身边喃喃地说，是啊，我看电视上是这个样子。不过这和你有什么关系？

老铁用一声干咳便打断了女人的嘟囔，生气地说，看来你这些年的饭还真都吃到腰上了，就你这智商，即使我掰碎了给你解释，你也是小蝌蚪哭妈，两眼一抹黑，快去吧！

女人拎上包，刚一迈腿就又收了回来，以商量的口吻说，要不你自己去吧？这颜色我倒是记住了，可万一买回来长短宽窄不合身，那不白忙活了吗？

这话让老铁火冒三丈，训斥说，你是猪脑子啊？在这关键时刻我能离岗吗？我要是擅离职守，科长会怎么看？我倒是想等双休日再去呢，可万一上面突然派人来找我谈话，我这么灰头土脸的登场那不就坏菜了吗？这样吧，你把我那身旧西服带上，虽然那是不值钱的地摊货，但大小却非常合适，你比对着买就是了。

女人的眼窝一下就湿了。就在她阴下脸准备飙泪的当口，老铁不耐烦地说，你又怎么了？快说啊，再磨叽头趟班车都过去啦。女人说，他爹，都是我不好，这些年我把钱抠得太死了，你每天除了公司就是家里，来来回回的好像比经理还忙呢，可为了给儿子攒钱买房，你不但没穿过像样的衣服，而且兜里一直比脸还干净，同事们都叫你铁公鸡，可我这心里……

老铁急得直跺脚，他知道女人是真的疼他，于是他再度调整了一下情绪，拍着女人的肩膀说，快去吧，现在说这些还有什么用呢？我都快五十岁了，这次是最后的机会，一旦错过了，那还真得在这铁打的岗位上拼到花甲之年了。

女人腔子一挺走了。老铁便立在穿衣镜前足足看了自己一分钟，其实对于形象而言，他从来都没有自信过，但从现在起他就想将自己的身姿人为地拔高，再怎么说，也不能把满腹才华让肉身拖累。于是他挺了挺胸，收了收腹，又用力将外八字的罗圈腿往里合了一下，尽管没合严实，但觉得比平时挺拔多了，然后嘴角往上翘了翘，哼着歌上班去了。

他的踌躇满志也不是无来由的，以往公司高层选秘书看重的都是应届大学生，这次从科室里选，那不用多想，肯定是冲工作经验来的，而将范围拟定在政工科，这无疑又是为他量身定制的。秘书嘛，无非是将获得的信息结合自身经验编写成文字，一旦文字经会议讨论后形成决议，那可是很有成就感的。总之，无论怎么挑选，秘书这工作终归还得靠文字说话。

若论写稿子，在政工科他绝对是蝎子拉屎独一份，与一干文墨平庸的同事比，他的才华足以用文思泉涌来形容，而且在将近二十年的时间里，他孜孜以求的笔就没曾闲过，写作也占去他一大半的业余时间，但是到目前为止，文学对他的回报也仅仅是在内刊上发了些作品而已。内刊就内刊吧，总比没有强。这不是他有意安慰自己，而是他对未来充满期待。只要有文字跳跃在刊物上，就说明他还是作家，他仍然可以让自己骄傲下去。每当收到编辑部寄来的样刊时，他会立刻迈动小短腿，冲向经理办公室，气吁吁地递上刊物，扬扬自得地说，经理，我又上刊了。

经理是位年轻人，据说大学学的是中文，读过的文学典籍很多，对于老铁这种所谓的小说他根本就不屑一读，加上本身对他有些厌烦，而这种厌烦像是从前一任经理那里传承过来的。新经理上任后，就大烧一把火，将厂区内破旧的地坪又重新硬化了一遍，很快，老铁便在腾讯上发了一条图文并茂的微博，题目是：《换汤不换药，企业重复建设何时休》。尽管经过集团高层调查后大家都相安无事，但他却彻底在经理心目中失去了位置。不过经理总归还有些做领导的姿态，每次看到他脸上报春花盛开般的喜悦时，也会装模作样地跟着喜悦一下，然后竖起大拇指连连称赞，并说些言不由衷的套话，好顺便给自己增添一点涵养。

其实他知道经理不看他的作品，人家眼里只有业绩和效益。看不看倒没关系，他在来之前就将目录页翻好了，只要经理能从目录中看到他的大名就行，毕竟在这拥有上千员工的公司里只有他一人会写小说，他的目的无非就是要告诉人家，尺有所短，寸有所长，可别从门缝里看人，你读的经典再多，写的报告和心得体会再多，那又能怎样？

在老铁的个人世界里，钱重要，但重要的倒不是挣钱，而是寻找精神上的抚慰。他甚至装睡，认为无人喝彩是暂时的，时间一定会为他正名。每次开会，只要能逮住发言的机会，他都是滔滔不绝、满腹牢骚，说自己笔耕二十余载，即便文学是一根坚硬的黑铁，也早该磨出个像样的东西了，这只能说明他时运不济，或是生活在编派他，磨砺他。然而他的话对这些每天熙来攘往的上班族而言，无异于对牛弹琴，在他们的内心深处，文学，早已是模糊的概念了，他们听不懂，也不想听，更不知如何安慰他，没有共鸣的倾诉就像一阵穿堂风，刮过了，什么也没有留下，更不会改变什么。由于内心充满矛盾，他的心态也在逐渐失衡，不但对文学界表现出极端的失望，而且还对很多目光所触及的事物都感到揪心，这些从他的作品中便能窥一斑而知全豹，不论何种体裁，都能从字里行间读出他愤世嫉俗的元素来。他不单在作品里针砭时弊，指东骂西，还带着放大镜看问题，不管公司还是公司以外，但凡觉得不合理的事情他都敢插言当裁判。员工中有人调了岗，他就说请科长吃饭了；有人升了职，他就说给经理送礼了；当别人对他的推论提出质疑时，他就会反问说，你们懂什么？这不是秃头上的虱子，明摆的嘛。

后来便有人又给他安了个新外号，叫看不惯，认为他原先那个铁公鸡的外号有褒有贬，更多的还是在表扬他，毕竟俭以养德的说法古来有之，这倒无意间把他给抬高了。

新外号他倒也背得踏实，更没有让新的创意蒙羞。不管别人私下里叫他什么，他听见也装作听不见，他坚信自己能看到灿烂的明天。这就是信念，作为怀揣信念的人，他的意志坚如磐石。他知道文学的路很长，沟沟坎坎，汗水和泪水肯定会有，但鲜花和掌声最终也一定会有。生活中的老好人谁都会当，但正义永远都不会缺席，这道理你们不懂，就权当你们无知。既然我懂，就不该袖手旁观或各扫门前雪。

对于他的言行，人们习惯了便不再与之较真，但是每逢小会，他仍以长者自居，苦口婆心地讲一些大道理。讲就讲吧，好在他年纪大了，给他当听众的时间也越来越少了，冲这份看得见的希望，在结束时为他鼓鼓掌，说几句肯定的话倒也没什么，但散会后他便又做回了孤家寡人，因为现在的人生活节奏越来越快，大多都身背着养老育小的沉重负担，谁还有闲心听他数黄瓜倒茄子。

之前就算人人见了他都唯恐躲闪不及，但毕竟还有个同病相怜的哥们对他不离不弃。那人虽不像他这样神神叨叨，却也是和他一样的看不惯。在公司的头头脑脑们眼中，他俩曾一同被定性为祸乱"江湖"的"玄冥二老"，即便在底层员工们眼里，他俩也是让人欢喜让人忧的可怜角色，而且这辈子他们都为自己的看不惯付出了代价。现在公司十多名五十岁左右的男员工当中，也就他俩老骥伏枥，始终摘不掉普通科员的帽子。尽管他俩情深义重，手牵得够紧，团结到无懈可击，但时间却能无情地拆散他们。就在上个月，他的搭档还是流着惜别的泪水光荣退休了。少了左膀右臂，人们有理由相信独木难支的老铁会因此安静下来，然而他又一次打了大家的脸。他并非不想停手，而是他认定世间的丑恶太多，所以才需要他手中的笔发挥作用。他是作家，他不出头谁出头？谁愿意一条路走到月明星稀呢？这是别无选择，也是现实的邀约。

集团高层终于要派人来主持面试了。时间定在了第二天全员早操之后。这一晚，老铁又是在安眠药的作用下才艰难入睡的。可是第二天早上大家似乎没看到老铁，实际上他早就到了，他进入大门来到会议室走的还是原先的路线，只不过他们视而不见罢了，或许他们都匆忙间瞥了一眼，但看到的却是另一个换了马甲的老铁。

这次他女人下手够狠，一咬牙，一跺脚，给他买了身七匹狼套装，皮鞋是惠特的，领带是金利来的，总共花了三千多。当看到这身重金打造的行头时，他尽管仍心疼钱，但一想到自己的前程，还是觉得值，但不说点啥似乎也不是他的风格，于是便轻描淡写地骂了句，你这败家的娘们儿。

头发是昨晚睡觉前出去剪的，还染了色，将原先自以为傲的灰白色变成了黑发，又将原先的金丝眼镜换成黑框眼镜，他觉得这样更有文气，也显得年轻。他不光衣着换了，而且走起路来身子就像块挺直的木板，这样改天换地的外形也确实太过突兀，而且意外到近乎隐身的程度。没人能料到他会这么干，就连经理在会议室第一眼看到他时也被惊得目瞪口呆。

与他一起接受面试的还有一位年轻人，姓柴名旺，当初来单位实习时就是他一手带的，也算是他的徒弟。这娃个性强，不服输，记得刚来没几天就敢仗着高学历挑战他的权威，结果被他倚老卖老地整了个服服帖帖，为此他还当着大家的面调侃说，我姓铁，你姓柴，铁总归还是比柴火硬得多。没想到这柴旺也是个杠精，毕业后又跑回这家公司做了他的同事。不过文科一直是其弱项，再怎么努力，他顶多也就是摆弄摆弄数据。但不知为何，这次他也被公司推荐了。老铁分析，这一定是从民主的角度考虑的，毕竟咱是法治国家，集团公司又是知名国企，台面上的事还得做到有条不紊。再说他拿什么跟我争呢？撑死也就是来给我陪跑罢了。但是对手既然出现，就不能掉以轻心，凡事都有个万一呢。于是他在主试人员到来之前就先打出了悲情牌，试图说服柴旺放弃这次招聘，理由是，作为他曾经带过的徒弟，一日为师终身为父，徒弟夺师傅的饭碗是会遭天谴的。再就是徒弟刚步入社会，还有着大把机会，何必跟师傅争一朝之短长呢？你让我一步，即便输了，别人也会赞你的品德，你若争赢了，别人就会说你薄情少义……

老铁本想将他们师徒间竞争的利害关系讲个透彻，但他来不及了。还没等柴旺回话，负责面试的三位同志已鱼贯而入，分别坐在了他们对面。三人中有一位年轻女性，坐稳后就麻利地从提包里掏出记事本和笔，将本子翻到空白处，就像撑开了口袋准备装东西。

他不能再继续问什么了，只是满怀期待地看了柴旺一眼，也试图从柴旺的表情中窥探出他渴望的内容。但柴旺却给了他一个淡淡的微笑，而且自信的笑意中还明显带有挑衅的成分。他暗想，现在的年轻人都这么狂躁吗？一个陪跑者，至于这么嚣张吗？别忘了，不论啥时候姜还是老的辣，虽说这次是乾坤倒转乱了纲常，让你和我在这里平起平坐，但铁还是铁，柴永远是柴，不信咱走着瞧。

柴旺两手空空，甚至连一支笔都没带。与之相比，老铁可谓是做足了准备，他先是哧的一声将包拉开，取出几份载有自己大作的杂志逐一推到领导面前，然后掏出笔记本，那里面有他今天所要阐述的内容，也是他这几天深思熟虑的话语，他相信机会永远属于有准备的人。

对面的主试人员分别拿起杂志，哗啦啦象征性地翻了翻，其中一位笑呵呵地说，好啊，好啊，好啊，文学这东西不单能展现自我，还能陶冶情操，这非常好，希望你坚持写下去。

得到赞许的老铁得意地瞪了一眼柴旺。接下来是他的例行发言，他哼哼哈哈地清了一通嗓子，挺了挺身板说，秘书这项工作对于我来说确实是陌生的领域，但有一点我心里底气十足，虽说当秘书不同于当领导，但说到为领导服务，品质不好或品行不端的人都有可能会惹麻烦。这让我突然想起了明朝县令郭允礼的一段话，"吏不畏吾严而畏吾廉，民不服吾能而服吾公；公生明，廉生威。"我定当将这段话作为处事的座右铭，洁身自好，廉洁奉公，并与本公司的一切不正之风做斗争……

对面除了那位埋头做笔录的女性看不见表情外，另两位都已被他的高谈阔论秒杀到脸色铁青，其中一位一抬手说，嗯，好的，可以了。

老铁似乎仍意犹未尽，但却被硬生生叫停了。他下意识地翻了翻笔记本，下面还整整两页呢，看来都用不上了。他脑子有点昏，不知突然将他打断所为何事，是他讲得不好吗？他觉得自己发挥得挺好的。在这种场合表明心迹难道不应该吗？别人往上爬或许为追名逐利，而他是真心要为公司利益工作的。就在他琢磨领导心思的同时，柴旺也三言两语地讲完了，遗憾的是，人家讲的什么他连一句都没听清楚，面试就草草结束了。

坐在他们对面的三位也像他先前那样争相清了清嗓子，好像要宣布重要决定一样令他立马回过神来。其中一个说，两位都说得不错，对于未来新的岗位也都有各自的见解，那咱们今天就先进行到这儿吧，回去后我们会将你二人的情况如实说明，经过集团董事会研究论证三日后再给出结果。但秘书只选一位，不论最终选谁这都是工作需要，还希望落选者不要有情绪，好不好？

柴旺说，好！

老铁心里一紧，虽说二选一，概率高达百分之五十，但他仍觉得心里有些慌。等局面冷了将近半分钟后他才勉强一笑说，放心吧，我是老同志了，在哪里都是为公司的发展做贡献，这点觉悟我还是有的。

一阵掌声过后便剧终人散了。掌是鼓给他的，这说明他最后的表态给力，肯定给自己加分了，这应该就是传说中的印象分，简直棒极了，或许能给他这次的竞聘加一层保护膜，接下来也就轮到柴旺那小子心慌了。

三天的时间，说短暂也短暂，说漫长也漫长，但对于老铁来说，还是觉得快了些。就算加上之后的七天公示期，他在这个科室里驻留的时间也只有十天了。说心里话，这时候他有些依依不舍了，毕竟二十多年工作经历的大半是在这儿度过的，从工厂到公司再到上市公司他见证了这里的一次次变迁。更重要的，还是无法与以往熟悉的生活做切割，但人总归还是渴望高处的风景，这个没办法，人生嘛，得到的同时，也就意味着失去，还是顺其自然吧。

第三天早上，老铁来得比平常稍迟些，来迟的原因是他又去收拾了一下头发。他估摸着今天有可能出榜，迎接这么重要的日子，形式和形象上自然都不能马虎。待捯饬满意后，他才挺着腰身，哼着小曲来上班。他平时不喜欢哼哼唧唧，唯独在高兴的时候才哼上一曲，而且《革命人永远是年轻》这首歌曲是唯一喜欢的哼曲。

公司大门口的阅报栏边上已围了好多人，一看这阵势老铁便知道他的事已进入公示期了，但他挤进人群后反复揉了好几次眼睛，最终也没看到自己的名字，而柴旺的大名却赫然在目。他脑袋嗡的一声响过之后便感觉天旋地转，由于正值上班时间，围观的人像浪潮一样拥来退去，只是七嘴八舌的议论他一句也没有听清，好多人看完公示内容后都没有说话，也有人呆板着脸拍拍他的肩膀便转身走了。好在他的大脑还保留有一丝微弱的清晰，并支配他跟跟跄跄地蹭出大门。他是个爱面子的人，特别是在公众面前，他的形象是绝不容损毁的，虽说此刻他内心充满了失落，胸闷，口干舌燥等这些病理现象已明确提示他，心脏已不堪重负。但他不能倒在这里，这件事已经够丢人的了，说什么也不能再让人继续看笑话。同时也担心晕倒后弄脏了这身价值三千多元的行头。

等进了家门，他就像耗尽了能量的跋涉者，往床上一倒便立马不省人事。这次他真的病了，但他只在医院里待了不到一周时间就仓皇出逃。原因是那个已退休在家，另一个曾被人们称之为看不惯的搭档在前来探病时，又给他带来了更闹心的消息，还劝他说，铁兄啊，你我狗头上就注定是二两糖的命，我现在已经认啦，你也就别再折腾了，有心情写点东西就行，但万不可钻牛角尖。你能跟柴旺比吗？人家可是公司一位高层领导的亲外甥，从你们科室选秘书，不是你们的牌子亮，而是冲人去的，让你去参加面试只为凑一台戏演给众人看，你还屁颠屁颠地当助演呢，真是替你不值。

老友看似在良言相劝，但对他来说却是醍醐灌顶，同时也让他的旧伤未愈又添新伤，还搞得眼泪刷刷的，他哽咽着说，这经理太损了，也太欺负人了，政工科这么多男人，为啥非要选我当这个助演？光置办服装我就花了三千多，这么贵，我穿进棺材呀？这些还不是最要命的，关键是闹这么一出，脸往哪儿搁呀？呜呜———

老友安慰说，这也算不上丢人，顶多算是个教训。选你当助演，都怪你太合适这个角色了，其他人可能不会像你这样入戏。说到底，这事也不能怪你眼浅，而是江湖的套路太深。认了吧，人家既然导演了这出戏，自然有圆满和收场的编排，你一个跑龙套的再怎么蹦跶恐怕也改变不了结局。但老铁就是不服，他没指望反败为胜，但搞出个两败俱伤来他还是有信心的，只有在公示期内把这事搅黄了，他才能找回面子，才能给自己一个交代。写匿名信显然是来不及了，摆在他面前的也就只有上访这一条路可走。于是他从城西跑到城东郊外的集团公司总部，接待他的人与柴旺一样年轻，让座后便忙着为他沏茶，而他却再三强调说自己是个作家，文才了得，与柴旺比，更适合当这个秘书。年轻人脸上的笑容就像镶死了一样，不论他说的话中不中听，人家都灿烂依旧，然后问他多大年纪，他说今年四十八岁。人家说，哦，这也难怪，公司副总今年才四十二岁，铁哥您想想看啊，如果领导身后跟着个比他年长的秘书，这该有多么别扭。所以说，柴旺胜在年轻上，年轻人有本钱，可塑性强，前途不可限量。

这理由太充分了，既对他造成了杀伤，又巧妙避开了裙带关系的问题。这一刻他就像级别不对称的拳手在台上闪转腾挪，等做完一整套附加动作之后，却还是被对方一拳击倒了。

汪贵升职

一

一到班上，汪贵总拉张苦瓜脸。这些天，他感觉倒霉透了，好像吃口肉都会腿肚子转筋。除过好事是假的，其他坏事都是真的。也没听说这个四月有啥邪行的，难道一抬头看见王母娘娘撒尿了？

与多数行业比，保安没啥能拿得出手，他们最可示人的本领也就是那几步走了。走是硬性规定，既一人独行，二人并排，三人成行。中不中用且不说，起码中看，习惯了，怎么都好。

这一刻，汪贵的步伐并没受大脑的指挥，思绪在翻江倒海，腿脚却信马由缰。如果这时电话铃突然炸响，他还会向前几次一样，神经质地跳个蹦子。说不清为何会条件反射，当然现在他也没时间去考虑这些，他至今难以释怀的，还是前些天刚被罚的二百五十块钱。这件事在心里好似已形成顽疾，抛不远，抓不掉，总觉得物业公司罚所有保安的钱没道理。但小区里五户空置房的插座线在一夜间不翼而飞，这又是千真万确的。从失窃到现在，汪贵仍然纠结，仿佛被扔进无边的沼泽里，一直没走出来。

挂在屁股后面的对讲机果然响了，而且呼得很急，他立刻收了脚

152

步，然后用一种近乎让所有听者都起鸡皮疙瘩的普通话回复说："汪贵收到！汪贵收到！请讲。"

那头是管理处主任王宁的声音："汪贵！速来办公室。"

"明白！"

别看汪和王写起来只差三点水，读音也相近，但是汪贵和王宁却有着天壤之别。王宁像一台千万亿次的超级计算机，而汪贵则如同小摊贩手里的计算器，他们永远都拉不到一个档次上，永远也没有可比性。

汪贵心怀忐忑，一步步上到二楼，办公室里凡有资格就座的，都已经坐稳当了。两位女性物管员同时将脑袋转向门口，葵花向阳似的，都一脸神秘的诡笑，汪贵的心里又咯噔一下。

说实在的，他并不喜欢她们，总觉得她俩的笑扎人，尤其不喜欢她俩自喻大美女时那种莫名的得意之色。他暗骂，自恋狂，如果你俩也算美女，那公猴也给气疯了。更可气的是她俩竟然都姓吴，都四十岁上下，年龄上也没啥差别。人称大吴小吴，那只是论身形叫的，大吴是依着身材庞大，有吨位才叫大吴。她每天骑辆电动助力车上班，进入小区门口时，总听到那辆单薄的车在痛苦地呻吟，然后再看她一步步艰难地挪进办公室。冲着那副敦实的背影，保安们便即刻掀起一股热议，议题也总是离不开那些最隐晦的地方。

也不是这群保安成天闲得无聊，才找些女人的话题解闷儿。小区里住着各色的女人，美的，丑的，一般化的，他们每天都迎来送去从不说三道四，就因为这两位女同事在外形上太过与众不同，才不断调动着他们的兴趣。

前面说过，不论称大吴还是小吴都与年龄无关。可小吴却不这么认为，她觉得称小吴那就自然是小了。当有人这样叫她时，声音越大她就越高兴，仿佛自己随着那些叫声便可回到那烂漫的花季时代，还嗲声嗲气地故作可爱状，搞不清自己是因何才被称作小吴的。她的身形太过于娇小了，甚至小到能够隐身的程度。有时公司领导突然驾临，而她又正好坐大吴身后，领导便会问："小吴呢？"

"到！"随着声音人也立刻闪出来，像只躲在树洞里的松鼠。

她不但身材袖珍，而且还梳两个羊角辫，黄色的，很是惹眼。如果背对着你，那你八成会被自己的眼睛欺骗。

汪贵最不愿与其面对。有时她噔噔噔跑下楼来，习惯性地指手画脚指东说西时，汪贵便侧过头去，眼睛看着远方。这样做，也并非她的相貌惨不忍睹，确切地说，她的面部轮廓还是很不错的，不像大吴那张猫脸，如同圆规画的一般让人瘆得慌。这些都还不算，汪贵最不愿意看到的，还是她一边脸颊上那三个黑点，就像苍蝇在上面逼真的做过什么？以至有时候还会令汪贵产生幻觉，想伸手帮她抠下那些东西。

每当这种事发生时，小吴总会嗔怪地问一句："你想干吗？"

汪贵无法解释自己的行为，只能红头涨脸地离开，扔下小吴一个人，任其放飞想象。

二

汪贵一一扫过办公室里的三张面孔，虽长相各异，但他们表情雷同，都是笑盈盈的，这令他更加紧张。平时，这三个人都趾高气扬，拿根鹅毛当令箭。特别是王宁，他认为自己在这小区里总领着百家事务，是名副其实的当权者，怎么会对你笑呢？可今天他确实在笑，不但笑容可掬，而且还十分亲热地拉着汪贵的胳膊在最后一张办公桌前坐下，然后用力清了两下嗓子，郑重其事地说："公司决定，从今日起，汪贵同志任佰利德物业公司石南居小区物业管理处保安队长，工资上调百分之十五，每周可休假两天。"

宣读完，王宁说："恭喜你，汪贵。"

大吴小吴也孩子似的拍着手："欢迎，欢迎，热烈欢迎……"

汪贵扫她俩一眼，不屑地说："天天见面，有啥好欢迎的？"

小吴嗔怪道："哎哟，汪贵，啊不，汪队长，你这话可不对哦，天天见面跟现在见面可不同呢。"

"就是嘛，"大吴也忙不迭加进来说，"你现在是队长了，手里可管着十几号人呢，哪像我们，光杆司令一个，自己管自己，没劲。"

汪贵坐在那儿，一时也不知该说什么，只是觉得这把黑色的办公椅比下面值班室那把舒服多了，位置也摆放得相当合理，紧靠着玻璃墙，在这儿正襟危坐，下面的值班室和半个小区便会一览无余。

多么可心的位子呀？但凡来这儿做保安的人，谁敢说没有垂涎过？每天安排好十几个岗位的工作，然后就舒舒服服地坐等墙上的挂钟走字儿，遥不可及的好事，无论如何也不属于他这种人。

经过一阵前思后想，汪贵的脸色沉了下来，像天上的云，渐渐地由淡红变成了暗灰，他一下立起身，甩出一句："无聊！"然后气咻咻地踱向门口。

这一举动令二吴目瞪口呆，张开的嘴竟一时没有合回来。王宁毕竟见多识广，他一抬手说："站住，给我回来！"

汪贵像台被遥控的机器，直挺挺地立在门口，但始终盯着门外，没好气地问道："干什么？"

"干什么，我问你这是干什么？"

王宁像是刚被食客暴打过的厨子，一脸无辜。汪贵机械地调转身，质问王宁和二吴："这样做很有意思是吧？拿别人开涮很爽是吧？太过分了你们。"

王宁这下全明白了，这事做得是唐突了点，更何况是针对汪贵这样的死牛筋。本来公司授意在全体员工大会上宣布的，就怕发生这样的事儿，但还是发生了。但他是王宁，他的情绪是可控的，顷刻间他便满脸堆笑说："汪贵，你先坐下，听我慢慢解释，公司领导……"

"够了！"就听着门啪地被砸在一起，紧接着楼梯上噔噔噔传来了狼撺似的下楼声。三个人大眼瞪小眼，都是一脸的无奈，王宁说："算了，再想办法吧！"

三

石南居小区位于火石山南侧，因山而得名，总建筑面积八万平方米，四周均是板楼带营业房，看上去像四道天然屏障，将那些娇气的别墅围在中间，看护着奢侈而宁静的生活。

板楼是专为失地农民而建的安置房，质量很差，常年因漏水裂缝及水暖电维修而争吵不休。这些所谓的边缘住户，多为普通百姓，说出话来人微言轻根本没人理会。在物业公司看来，他们自然而然地成了累赘，就拿物业费来说，板楼每平方米四角钱，别墅每平方米一元钱，而别墅又是有钱人炒作的房产，只买不住，既不产生垃圾又不报修报失，所以物业公司只赚不赔，将他们视为财神一样供着。

相对而言，那些板楼的住户就成了名副其实的丧门星，开发商和物业都恨透了他们。可又没办法，这是人家前辈有眼光，在这里置地繁衍，你谁也赶不走，像马婆婆的烂年糕，贴在身上，抓下来也得带你一层皮。

开发商与农户间的矛盾是尖锐的，也是持久的，而夹缝中求生的物业就如同食物链中的食腐者一样，别人吃了肥美的部分，留下残羹剩饭，腐肉烂尸是他们的。这就迫使其不得不干一些见不得光的勾当，以补己亏。这样一来，处在第一线的保安们日子会步履艰难，被打骂或侮辱如同家常便饭。

最近，由于小区里没有车棚，板楼住户的自行车和电动车，甚至摩托车经常丢失，防不胜防。他们到处投诉，得到的答复是石南居属于高档住宅小区，因此只建汽车停车场，想不丢失也行，那就买汽车得了。

业主们告状撞南墙有气无处撒，只能拿保安当靶子，成天骂骂咧咧像群恶心的苍蝇，保安们只好躲着走。再加上近期的丢线事件被罚了款，全队上下都人心惶惶，欲作鸟兽散了。

汪贵憨厚善良，但属无能之辈，这点连他自己都认。前任队长摆不平的事儿，他更差远了。凭汪贵的那点智商和应变能力，短时间他当然想不了这么多，刚开始他只是认为王宁和二吴是吃饱了撑的没事干，搞点恶作剧拿他寻开心，但后来他又觉出这是真的。他又开始在小区里踱步，困扰他的还是升职的事儿。像他这种没主见的人，一有事自然就会闷驴转圈。再加上昨天下班回去，老婆秦梅因为意外怀孕的事，又对他进行了新一轮庭审，最终他被判三个月零十天不准上床睡觉。这么一来，公司里的事情反而一时被淡化了。

迎着一轮朝阳上班，汪贵的心情还算能好上一阵子。可是一到班上，熟悉的场景又让他想起了熟悉的事情，由此可见，他一时还不能从心底里完全放弃对那把交椅的念想。

俗话说："不想当将军的士兵不是好士兵。"那不想当队长的保安就自然不是好保安了。尽管他明知那块鸡肋并不属于他，但内心还总会有那么一丝牵绊，总觉得弃之可惜。

四

对讲机又一次响起，不过还好，是叫全体在岗员工上楼开会。"事真多。"汪贵随口骂了一句，便迈步向办公楼走去。

一到楼门口，便看到轮休的，昨夜值班的也都陆陆续续被叫回来了，人人脸上都挂着疑问，紧张得如临大敌一般。

汪贵心想，肯定又发生了什么？不是失窃就是有啥要宣布，管他呢，该死的娃娃屌朝天，不该死的活一年。他整了整服装，壮着胆子上了二楼。

血紫色的大门一扇关着，一扇半开半掩，门口早有人守着，好像还没被允许入内。向里望去，他禁不住张大了蛤蟆嘴。里面的人都在小声嘀咕，交头接耳。此情此景，使他进一步确信自己先前的一番分析。

公司老总，还有老总夫人康总，以及秘书小林都来了。夜猫子进寨，无事不来，等着瞧吧。此时不光有人嘀咕，还有人发问："领导们这是在商量啥呢？老鼠嫁女，叽叽咕咕的？"

保洁员金兰是出名的快嘴婆，她说："你们动动脑子好不好，不就是选保安队长嘛，还用问？"快嘴女人一下就爆出了焦点，门外即刻跟门内一样，吵成了一锅粥。依据从前的经验，队长的人选只能出在内部，矬子里面拔将军。因为外来者要熟悉小区的具体情况那可是需要时间的，这样的话最不利于工作。

大家你一言，我一语，都在极力猜测这样的好事究竟会落在谁头上。有说张三，有说李四，也有说王二麻子，说来说去，除没人提到汪贵外，所有人几乎都有机会。这使得汪贵心底里有些酸，心说都长着狗眼，把人看没了。但他马上又安慰了自己，这种安慰来自于昨天王宁对他私下里的委任，这样一来也使他那两片厚实的嘴唇微微有一丝上翘。似乎有好几双眼睛，相继看到了汪贵的得意之色，又吃不准他到底得意什么，总觉得很怪，里面绝对潜藏着很深的东西。

五

这时候两扇门大开，是小吴开的，小吴的身影何时来到门口谁都不曾看见。只听王宁在叫："都进来吧。"

大家一股脑儿地往里涌，就像多米诺骨牌那样前仆后继，好像第一个进去的就一定是队长了。

抢椅子的声音骤然响起，稀里哗啦。汪贵看着纷乱的场面一动未动，等所有人都坐稳后才慢吞吞地迈进去。他正想找个地方坐下来，王宁却从领导的缝隙中拎过一把椅子，轻轻地放在他面前说："坐吧。"

主任替保安搬椅子，这对于所有人来讲是件新鲜事儿。他的屁股在即将落座时又神经质地弹了起来，显得犹犹豫豫、忐忑不安，低着头，一脸的哭相，更不敢正视别人吃惊的表情。

王宁向曹总介绍说："这就是汪贵。"

曹总瞪了一眼，点点头说："好！好！大家肃静，我们开个会。我知道，有些同志昨晚上了夜班，需要休息，没办法，坚持一下吧。"他停了一会儿，目光扫过现场所有的面孔，接着说："国不可一日无君，军不可一日无帅，咱们保安队虽小，但它也是一支队伍，千有头，万有尾，火车跑得快，全靠车头带……"

大概曹总认为自己的讲话过于顺溜了，想调控一下，便开始喝茶水，小小的会场死一般寂静，只听见曹总高贵的喉咙咕噜咕噜地发出两次清晰的响动，还有茶杯撞响桌面的声音。

曹总说："过去的保安队长，通常是公司直接任命的，这样也有弊端，恐难服众。这次公司和管理处经过反复讨论，决定由民主选举产生。选上谁，说明他在大家心目中有威望，是可以胜任的。选举采用无记名投票的方式进行，今天参会的二十人当中，除管理层外，都有选举权和被选举权，过半票者当选；选举共分两步走，先选两个得票多者，在进行下一轮PK，这样也显得公平些……"

他又顿了一下，好像是要等掌声过后再继续，看没反应，便说："那就开始吧！"

下面一时骚动起来，有人亢奋，有人平静。小吴奔来跳去，燕子啄泥似的，在每个人面前放一张寸把宽的白纸条，并叮嘱大家，将心仪的人写上去。

大吴唱票，小林秘书计票，一切都有条不紊地进行，颇像那回事儿。

令人震惊的结果很快就出来了，胜出的两个人中，竟然有汪贵的名字，于是，所有目光一下子都逼向了他。

汪贵！这不是说书呢吗？看他那德性，长得像队长吗？好长时间，大伙儿都盯住他不放，仿佛要从他身上盯出十万个为什么。他当队长，那我们的脸往哪里放？这种想法似乎是不约而同的。六票，这是哪些个瞎眼猪投的，眼睛再瞎也不能四六不分吧？不知究竟的人在心里暗骂一通，同时也默默地使着劲，下轮等着瞧吧，就不投他，好歹还有个竞争者，尽管那家伙也不咋的，但总比这闷驴强吧？

尽管多数人都抱着一种想法，但话又说回来，凡事都不能绝对。睡到半夜哼哼，各有各的心病，自有深谋远虑者会动脑子：六票，凭什么？这可是最高的票数了，没有三把爪子两把刷子能行吗？至少有人在暗中帮他，那这些人是谁呢？也没见他平时有啥人缘啊？对！领导，一定是这闷驴啥地方投了领导的眼光，不管咋说，事情已然这样了，既然是领导心上的人，那还有啥说的，投吧。

第二轮过后，结果不言而喻，汪贵已明显的优势获胜，当选为石南居小区物业管理处保安队长。

曹总宣布之后，走到汪贵面前，握住了他的手说："恭喜你。"然后率先鼓掌，场下的人也附和着拍起手来。一些稀稀拉拉的掌声过后，曹总说："先前我强调过，不论选上谁，就必须得干，不然工资就降回实习期标准，我说过吧？"

"说过！"

"那好，汪贵留下，其他人散会。"

六

前边说过，石南居小区的保安，啥也保不了，走路却都像模像样的。汪贵最讨厌这种步法，但还是老早就学会了。吃谁的饭随谁转，这道理他懂。

从内心来讲，他最羡慕的还是公安，警察们除列队或开会外，一般都很随便，也可以穿便装，靠工作效率说话。不像保安，从早到晚都在作秀，没有实质性的内容，汪贵恨透了这些虚套子。

每当要与领导相遇时，他都要尽力设法逃避。因为他每次看到别人在那些头头脑脑面前立正敬礼，然后一板一眼地说些老掉牙的陈词："报告领导，佰利德物业公司石南居小区管理处保安员×××正在值勤。"对方也煞有介事地来一句："继续值勤。"这时他就会条件反射，胃里直翻腾，差点就吐出来了。

正是这种心理作用，而今他当了队长，却依旧像贼一样地躲着别人。幸好，小区里风平浪静，一切都在顺风顺水地运行。

汪贵与前任们最大的不同，就是上任没烧三把火，除了将原先的班组依据人员不同情况做了调整外，其他的尽量顺其自然。队员们并没对他流露出抵触情绪，这令他既安慰又感慨，原来当官是如此的简单，有权是如此的风光啊。

汪贵就那么在小区里转悠，他也不想成天面对办公室里的任何一副面孔，他觉得那三张脸就如同三潭死水一样深不可测。当然他更不愿坐着发号施令，手里的对讲机可以时时呼叫任何一个在岗人员，但他很少那么做，只是一些巡逻队员有意无意地向他靠过来时，他便及时地命令其到别处去，他不想让那些程式化的动作和烦琐的汇报词再恶心一回。

在汪贵一贯的记忆里，早晨算是个好时段，哪怕是昨晚被老婆秦梅挖苦过，或者输拳让朋友灌了酒，有多么不开心，只要能设法入睡，一觉醒来，坏心情总会好转一多半，再披着朝阳去上班，沐浴在清新的空气里。那感觉，汪贵认为很享受，等到了岗位上，一切便烟消云散了。

走进办公室，王宁还没到，大吴在艰难地拖地板，小吴则一跳一跳地往墙上贴东西。一张值日表，上面是打扫卫生的人员安排。二人一组，分单双号，逢单大吴和王宁，逢双他和小吴。

这时候王宁正好进来，调侃说："做得好，这叫男女搭配，干活不累。"

大吴继续拖着地，没抬头，但是顺口插一句："那当然，男女搭配，干啥也不累。"王宁没作回应，只是小吴咯咯咯地笑。汪贵红着脸，一身的不自在。

另一张表也相继贴好了，是员工通讯录。每逢这里有人事变动，这份表格便要重做一回。

这样的通讯录一般都出三张，分别在办公室、宿舍、楼下治安室张贴，以便有急事时好打电话联系。

之前不论贴出多少份，对于汪贵来说都是一样，他的大名总是排在末尾。而这回却让他足足地提了把精神。要么说虚荣心是个人就有呢，汪贵再老实，而面对这久违的心灵鸡汤时，他还是很振奋的。他的名字十分显赫地排在第四，这感觉就是不同。小吴问："怎么样，大队长，今天你的腿脚可以歇歇了吧？"

汪贵没抬头，只是应付式地回答："歇啥呀，又不累。"

大吴说："这不是累不累的问题，当队长可不是用腿脚，而是用这里。"她说完，将食指点在太阳穴上。

汪贵当然明白她的意思，看来光靠勤奋确实还远远不够，但动脑子是他的弱项，要想坐好这位子，看来不学习还真是不行。

七

汪贵凝视窗外的时候正背对着自己的办公桌，自然也背对着所有人。这样的情形非常令人不爽，大吴那张肥嘟嘟的圆脸率先变成了猪肝，在忍无可忍的情况下，她终于爆出一句牢骚话："看来啊，咱三个果真是惨不忍睹啊。看看汪队长高贵的眼睛，始终凝视着外面，好像连看咱一眼都觉得痛苦。"

一听这话，汪贵忙转过脸来，既然人家提出来了，他自己也觉得有些过分了。新进办公室的人理应有所表示的，比如香烟呀，奶糖呀，而他却两手空空还吊个脸子。想到这儿，汪贵忙一欠身，点头说："对不起，我不是那意思。"

小吴像交替进攻似的接上火："不是那意思，那你是啥意思呀？"

大吴更是不依不饶："不是那意思，你说啥对不起？"

其实对于汪贵今天的表现，受伤最重的还是王宁。汪贵的傲慢与不屑，分明是没把他放在眼里。但他的心境却不同于汪贵和二吴们，气有气在，但作为这里的最高领导，话还得反着说："行了，行了！你们别再借题发挥了，我想汪队长决不是你们想象的那样，慢慢就会上路子的。"

"那他……"

大吴还要说什么，王宁一抬手，摆出个制止的姿势，大吴立马语塞。

相比之下，小吴还是转得快一些，她转得快不是因为同意王宁的观点，而是认为大吴的确小题大做了。刚开始为大吴帮腔，那是想给新来的一顿杀威棒，平心而论，她并不支持那些所谓惨不忍睹的论调。在汪贵面前，她还是有信心的，这信心来自于汪贵本身，因为她清晰地记得，汪贵这家伙竟然冲动到想抚摸她的脸。每每想起这事，她的面颊还会有些许余温。如果此时再跟大吴沆瀣一气，还真是对不住汪贵那片心了。

于是，小吴很自然地站出来打圆场，她说："行！打住，都别再说了，百年修得同船渡，能在一个屋里朝夕相处，这是多么难得的缘分啊。汪队长新来乍到，还得逐步适应，今天就算了吧。"

大吴的圆脸依旧阴沉着，她说："好吧，今天的事就当没发生，况且咱也不是非得上赶着让人看。作为女人，老公不嫌弃比啥都强。但一码归一码，按咱办公室里的规矩，新人必须请客，就像新媳妇上炕，得给人一个交代。汪队，这个总没啥问题吧？"

汪贵没想到她会来这么一手，一时显得不知所措，转过脸用目光求助王宁。王宁笑着说："没办法，这是规矩，我帮不了你。"他又看小吴，对方的小脑袋也摇了摇。

汪贵将心一横说："行！怎么个请法？"

大吴说："这还用问吗？当然是你掏钱，我们吃饭啦。"

"能再具体点吗？"汪贵问。

小吴抢先说："你看这样行不？复兴街有家金源肥牛火锅，咱就上那儿。说实话，吃炒菜是贵了点。"

汪贵哼唧了老半天，他觉得金源肥牛档次还是太高了，依他的想法，找一家小火锅会更实惠些，毕竟是低收入群体，还讲什么排场？但他哪里知道，就这也是小吴帮了他，若不然，他今天落在大吴的手里就真得脱层皮。

八

从那晚吃过饭之后，他更不愿意再看那三张脸了。一群酒囊饭袋，尤其是二吴，他无法想象，什么样的男人才会娶她们做老婆？汪贵气得哇哇的，因为太出乎预料了，本来他算计着四个人两瓶白酒咋说也够了，何况还有两个女人。出于这种心理他才大大方方地要了金樽银川白，没承想，竟然连干了四瓶。也怪自己这该死的酒量太大了，这种海量也是平时被老婆收拾后喝闷酒练出来的。如果他率先醉成一摊烂泥，那么谁掏钱还不一定呢。咬牙甩出四张百元大钞，心疼了一路不说，回去后还被秦梅数落了一顿。

第二天临近下班的时候，汪贵还不想离开，他的双脚还想与砖道继续交谈。他觉得这种班上得太简单了，怪不得人们会感叹时光飞逝呢？不论是坐着闲聊，还是在小区里瞎转悠，总能体会出当官真好，时间过得真快。

小吴蹦跶过来。不管在什么场合，这女人都敢将心态定格在十八岁。不论说话还是走路，就连眨眼睛也是一副天真无邪的样子。她这种怪异的表现，让小区里的所有人心里都打了一个结，见她一次要难受好几天，有人干脆骂一句："变态！"

小吴一路翩跶来到汪贵跟前，忽闪着大眼睛，娇嗔说："哎呀队长，你是神龙见首不见尾啊，难找死啦。"

汪贵侧过头问："下班了，还找我干啥？"小吴轻声细气地说："当然是好事啦，找你吃饭呢。"

汪贵心想，这算啥好事？刚吃老子一顿还不够，这又惦记第二顿了，照这么下去，我还挣啥钱，纯粹是在为你们挣酒钱嘛。

要么说汪贵他永远是汪贵呢，一样的话，但说法却千差万别。按常理，他应该先找借口，说下了班有事，就不去了，你们喝吧，适可而止，别喝多了。这样既不去趟那浑水，又显得有人情味，谁都不得罪。而他却直言不讳地发问："又喝啊，先说好，谁掏钱？"

小吴嘟着嘴，白一眼说："嗯，看把你吓的，告诉你吧，钱的事儿不用你操心。你呀，只带张嘴去就好。"

"哪……"汪贵还想再问清楚点，小吴已喜鹊般蹦出老远，但没忘回过头提醒汪贵："还是老地方，去不去由你！"

九

走入金源肥牛火锅店大门，汪贵的心里仍七上八下，豪华地板踩上去，有棉花糖的感觉。临上楼时，他想起老婆秦梅的叮嘱："当今社

166

会谁不装孙子？快到买单时能溜则溜，溜不掉就装醉，你一个小老百姓怕什么，丢不起人的是他们。"

对！还是老婆精明，尽管这事儿从没做过，但很简单，往桌子上一趴谁不会？想到这儿，他一下就变精神了，一遛登高来到三楼雅间，其他人早已就座，大吴已点完了菜，将单子交回服务员，抬头的一瞬，看汪贵走进来，便怪道："哟！不愧是队长啊，架子就是大，成天躲猫猫不说，连吃饭都慢三拍啊。"

王宁狠狠瞪一眼大吴，心里暗骂：女人，狗头上不了席面，肚子盛不下半泡尿。对汪贵这种人，最简单的方法就是十月里赶猪悠着走，心急吃不了热豆腐。像你们这样，搞不成这倔驴又会像前几任，撂挑子不说，还有可能泄露内部消息，使咱们陷入被动。

想到这儿，他对汪贵一笑说："她就那臭嘴，其实人挺好的，时间长了你就知道了。"

小吴忙拉着汪贵的胳膊，笑嘻嘻地说："来，坐我这儿。汪贵是男人嘛，哪能跟女人计较，是吧，汪队长？"

汪贵也借坡下驴，应势点头："那是，那是，我的确来迟了。不好意思，让大家久等了，这样吧，我自罚三杯。"

这顿饭吃的，仿佛让汪贵一下子长到了地老天荒。他没掏一分钱的腰包，也不用装醉，自始至终，场面上一团和气。小吴说得对极了，钱的事儿根本就不用他操心。

如若不当队长，他干到死也不会知道，管理处还有个秘密小金库，里面的资金来源也很简单，都是平时为小区里业主和外面的租房者做中介所收取的费用。借着酒兴，大吴说："汪哥……我叫你汪哥……行吗？"

汪贵连忙应承："行行！"

大吴乜斜着眼睛，那张超大超圆的脸盘像初升的太阳，一片潮红。她好像总有说不完的话，而小吴则永远都吃不饱似的，在那儿自顾自地煮莲藕，说多吃莲藕能美容。

看着小吴那小腹小腰的秀珍身条，汪贵想：吃那么多往哪里盛啊？当再次对视那张小油葵似的脸颊时，他仿佛又一次被带入幻觉中，总觉得此刻小吴如果说话或者发笑，因面部表情发生变化，那三颗苍蝇屎会不会抖落下来，掉进汤锅里。

"你们不要发牢骚啦！"突然间，大吴闭上眼，扯破了嗓子叫了起来。

小吴不好意思地一笑，将注意力收回到桌面上。

王宁斥问大吴："你又怎么了？大呼小叫的，想吓死人咋的？"

大吴咆哮说："你们到底听不听人家说话吗？"

汪贵忙点头说："对不起。"

王宁说："听着呢，快说吧，真拿你没办法。"

三双眼睛都盯着大吴肥嘟嘟的嘴唇，老半天过去了，她反倒不慌不忙，又是饮茶又是擦嘴，最后还倒出一根牙签来。

王宁将屏住的那口气重重地呼了出来，不耐烦地说："你没话讲我就开始找拳了。"

大吴说："皇上不急太监急啥？我只是想跟汪哥谈谈。"

王宁问："需要回避吗？"

汪贵忙不迭阻止："不用不用，都自己人。"

大吴快速接过话荏，好像接慢了会掉地上摔碎了，她说："好！这话我爱听，汪哥，我先问你，今天高不高兴？"

"嗯嗯嗯。"汪贵鸡啄米似地点头，表示很高兴。

"那就好，今后这样的高兴还多着呢，只是有一条，吃的时候放开嘴，回去之后管住嘴。你看啊，咱四个人，两吴两王，这可是天作之合啊。"

汪贵忙更正："对不起，我姓汪。"

大吴说："王跟汪之差三点水，这三点水是什么你知道吗？是琼浆玉液，早被咱们喝掉啦！哈哈。"

汪贵仍懵在一旁，另两个人却开怀大笑，连称有才！有才！大吴似乎又想起了什么，她说："噢，对了，我为咱们想了个好名字，叫千杯不醉组合，怎么样？"

王宁与小吴又争相鼓起掌来，汪贵一看也只得跟着拍手。王宁说："汪队长，我知道你是个老实人，但是，老实人可不代表聪明。办公室的事情该知道的你也都知道了，以后咋做，自己回去掂量，咱就四个人，为了公司也为了自己，希望有劲能往一处使。你的任务很艰巨也很简单，就是让下面的队员盯着那些业主们，只要是搬家，不论进出，一律卡严实了，剩下的，有我们几个处置。"

王宁仍滔滔不绝，二吴好像同时缓过了酒劲，猛然间都觉得今天的话似乎是说过了头。大吴首先从桌子上爬起来制止："停！行了，别再说了，干啥呀？喝酒喝出座谈会来了，来来来！重新打关。"

王宁立刻心领神会，他也感觉到自己在有所保留的情况下还是说多了，于是卷胳膊抹袖子，回应说："行，来来来！我先打。"

在摇骰子的响声起起落落之后，最终被干倒的自然是二吴了，女人再强也还是女人，而且女人一但喝多是极其可怕的。

当她们先后趴在桌面上时，王宁一招手说："还等啥呢？搋吧。"

汪贵老鹰叼小鸡似的搋起小吴就走，来到一楼大厅，还不见王宁和大吴下来，他跑上去一看，二人还在那儿纹丝没动，便问："你们干吗？为啥不下楼？"

王宁没好气地回答："废话，你倒是跑得欢，我一人能搬得动吗？"

汪贵一看，也是啊，二百多斤呢。

他俩一边一个，先后颠了几颠，总算才艰难地迈开了步子。来到大厅时，大吴却不干了，她抱怨说："你们两个还算是男人啊，这可是下半夜啊。我们是女人，喝成这样，老公能给开门吗？"

王宁问："那你们想咋办？"

大吴没好气地说："咋办，提起腿子办，白杨树谁栽的，黑老乌谁惹的？今天这宾馆住定了，我们俩呀……就交给你们俩了。"

大吴说得异常轻松，像宣誓一样，并带有几分无耻的真诚，同时也将一些好事者的目光聚焦过来。众目睽睽之下，汪贵恨不得找个地缝钻进去，他几乎是奔出了火锅店大门，想快速打车逃离。

王宁也跟着往外走，服务员立马拦了上来："请问谁买单？"

王宁气咻咻地一指二吴："那不是人吗？"

这时一辆出租停在了门口，两人一前一后钻了进去，这时大吴追出来，扶着门框叫喊："不就是六十元的标准间吗？看你们两个尿样子。"

司机问："还等她们吗？"

王宁瞪一眼，不耐烦地吼道："开车！"

十

日子舒心了，自然有时光飞逝之感。每个周末的聚会，已成固定模式，汪贵在这种奇妙的节奏里，消耗着每一天。刚开始，他还有所顾忌。毕竟花天酒地的生活不属于他这种人。但最终，还是秦梅的话让他彻底放下了包袱。秦梅说："去！为啥不去，白吃谁不吃，难道就

170

你嘴扁了不成？再说了，这些钱尽管来路不正，但也算不上伤天害理，那些业主们除了钱还有啥？让他们出点血也是羊毛出在狗身上。"

汪贵承认，秦梅说得在理。当然，对他而言，秦梅就没有不在理的时候。

快入冬了，寒气袭来，公司托人从公安局搞来十几件警员冬季作训服，每人每件二百元，说公司已补了五十元。但他们却认为就值一百五，公司不克扣就阿弥陀佛了。

汪贵交钱时大吴说："王主任吩咐过了，你就不用交了。"

汪贵不解其意，大吴忙补充说："这不算什么，以后这样的好处还多着呢。"

现在的汪贵，已经渐渐习惯了享受一些额外的待遇了，他甚至认为，这些都是他应该得的。人生嘛，七分靠打拼，三分靠运气，看来啊，还真是时来运转了。若不是这样，周围那么多能人咋就轮上他坐这队长的位子呢？他暗下决心，无论如何都要好好工作，以此来报答领导的知遇之恩。

若不是王宁老婆的服装店隆重开业，汪贵也就无法得知那个惊天秘密了。或许这样，他的队长还可以稳当地做下去。这天早上，王宁打来电话，说他老婆的店面今天正式开业，他也没办法，必须请假。但是，施工方已通知，要补穿丢失的那几户插座线。王宁说："这可是天大的好事啊，是我软磨硬泡，甚至不惜自掏腰包请吃喝才争取到的。"并叮嘱汪贵，线怎么穿他不用管，他只负责给他们开门，穿好后验收一下，签个字就行了。

汪贵兴奋地应承着，不断地发出嗯嗯声，最后还来一句："请主任放心，保证完成任务。"

这消息太振奋人心了，因此汪贵才心花怒放。对于这里的多数人来讲，是混过今天不想明天的，或许别人心疼的，也只是被罚去的那些钱，而汪贵却更加偏重事件本身。一月内二次失窃，这不能不从另一个侧面反映出，他们这些保安是聋子的耳朵，摆设。挨罚是一个方面，但是输钱又输人却令他耿耿于怀。好在王宁神通广大，手腕多，熟人多，能跟开发商拉上关系，办了好事，不论怎样，只要线能穿齐，他觉得自己和弟兄们便可以在公司领导面前重新抬起头来。

两位电工师傅手艺高超，就像玩杂耍一样，线穿得极好又快。汪贵在一旁耐心地侍候着，唯恐怠慢了人家。还自己掏钱为他们各买了一包好烟和一瓶绿茶。

临近中午时，那边的材料员老马过来收电线，便对电工开玩笑说："看你们自私的，就买两瓶茶。"电工说哪里呀，是保安大哥买的。老马不信，转眼对着汪贵，汪贵有些不好意思，忙解释说："是我买的，你也不要多心，我以为就他们两个，这样吧，我再去买。"老马说："算了吧，我是开玩笑的，无功不受禄，哪能让你破费。"汪贵满脸堆笑，说："看你这话说的，帮我们穿线，咋是无功呢？"

老马一脸的疑惑，二位电工也一下停下手里的活瞪向汪贵，好像与他们交谈一上午的人，猛然间发起了神经。

面对此等光景，汪贵的眼神中掠过一丝莫名的惊慌，吃不准到底哪句话讲错了。

看着王贵的神情，老马问："你是否搞岔了，这线是我们以前丢的。"汪贵的眼睛瞪得更大了，他反问："这怎么可能？丢线是上月的事儿，总共有两次，一次是二十三号，一次是二十七号，县公安局刑警大队，还有市公安局的痕迹专家都来了，耗了很长时间也没破案。"

这席话说完，犯迷糊的反而变成了老马和两位电工了。但是，对于老马来说，作为事件的亲身经历者，他也自然而然地成了最先清醒过来的人。

老马与电工清醒是理所当然的事儿，但汪贵的那根筋还转在腿肚子里。他又一次犯了老毛病，在地上不停地踱步转圈儿，嘴里还念叨："这怎么可能？这怎么可能！"直到老马递过一份文件，他才算停了下来。

等看过文件，汪贵的下肢便开始像筛糠一样地颤抖。这是一份验收合同，上面清晰地标明很多事项，主要分为水暖电配套设施不合格，或欠缺的零零星星的物件，当然更清晰地注明了三十五号楼、二十八号楼的插座线已全部丢失。最后还有双方主要负责人及验收人员的签名。两个笔迹他再熟悉不过了，是物业公司的余副总，还有王宁。

这下汪贵可全明白了，他们物业是元月1号才正式接手二期工程的，但这五户线却是在去年十一月底就丢了。也就是说，这房子原来就没有线，何来的失窃。

汪贵不行了，感到有一种东西直往上涌，脑袋一阵阵地胀疼。他一句话也没有说，只是机械地跨出门，想让风吹一下，好清醒清醒，以便能尽快理出个头绪来，毕竟这不是小事情。往下该怎么个走，他心里可一点底也没有。

十一

汪贵上楼时两条腿是拉着的，显出了一身的疲惫。若仅凭这脚步声去判断，大吴决不会猜到上来的人是他，便吃惊地问："又咋了，情绪这么差？"

汪贵叹息说："哎！被气死了，施工方这群王八蛋，真是太难缠了，明明是他们的责任，可死活不承认。你看，现在有好几户的水龙头、水堵都残缺不全。你还是把原先的验收合同给我复印一份吧，我好有个对照。"

他没提电线，因为此刻他心里变得比任何时候都清醒。电线是个敏感的话题，所以巧妙地将其转移到水暖上。

果然，大吴丝毫没怀疑什么，很快就复印完毕，还反复叮嘱他这几天多费心，王主任确实忙，脱不了身。

汪贵没像昨天那样信誓旦旦，只是感觉到手里这份合同很沉，翻开细看，跟刚才的那份如出一辙。有了它，便有了主动，可以进退自如。

从楼上下来，汪贵没再去施工现场，他觉得现在没必要再管穿线的事儿，反正与咱无关，爱干不干。

临近下班前，汪贵实在憋不住了，给秦梅打了个电话，大致讲了事情的原委，可那头并没立刻传回什么，而是一段令人难耐的沉默。汪贵催促道："咋办，你倒是说话呀？"老半天才算传来秦梅的声音："咋办！我也不好说，只是提醒你，千万要沉住气。因为这事儿太大了，容我再好好想想。"

这个下午长得很啊，在汪贵的感觉里，好似过了小半年，但他仍装做若无其事的样子，悠闲地走东望西，偶尔掏出手机看看时间，又显露出烦躁不安。

小吴这小东西总能在她不该出现的地方出现，真让人受不了。汪贵想转过脸去不理会她，但发现来不及了，他们的目光已相撞在一起。小吴问："咋了，又犯老毛病啦，是不是又在哪儿邂逅了美女？有了参照物，而觉得我们倒胃口？"

不提还便罢，就这么一提，汪贵倒还真有此感觉。他认为王宁和二吴的形象确实是让人恶心透了，报假案坑害自己的手下，还浪费国家资源。卑鄙下流的小人，爷就是不愿见你们。

汪贵沉默不语，小吴既关切又着急，忙问："真的假的啊？谁又惹你了？是不是老婆跟人跑了？"

汪贵气急败坏地吼道："你才跟人跑了呢！"

这下小吴更急了，她急是因为她认定汪贵是那个暗恋她的人，而且觉得这段时间他们相处融洽。正因为如此，她能渐渐体味到自己内心的一些细微变化。这办公室里少了别人她无所谓，但少了汪贵倒真像少了什么。作为过来的女人，她已深切地感知被人偷了心。

十二

下班后，汪贵是从南侧门出来的，几乎是一溜小跑到家。他知道秦梅这会儿已在家里，说不定她此刻心里已有了主意。

进门后，并没像他所期待的那样，秦梅什么也没告诉他，而是正热火朝天地做菜呢，饭桌上已有好几个拼盘摆在那儿。看得出来，秦梅依然烹兴正浓。这让汪贵倒吸一口凉气，暗骂：臭娘们，我这里都火上房梁了，你倒好，还整这些，不是成心吗？就在这时，秦梅走过来，打开柜子，顺手拎出一瓶酒，往桌上一放说："洗把脸，准备吃饭。"

当看到酒时，汪贵虽一头雾水，脸色却由多云彻底转晴。对于他，酒才是真正的好东西，平常喝两口，是他除了工作以外唯一的爱好。管它呢，公司的烂事儿先放下，说不定老婆这边有好事值得庆祝呢，受表扬获奖金啥的也说不定。这叫东方不亮西方亮，哪片云彩都下雨，也算！

汪贵心里平静了些，等菜上齐了，秦梅却滔滔不绝地说她是如何获得做这些菜的灵感的，甚至连用了什么佐料都如数家珍。

汪贵重重地放下筷子，问道："你今天怎么了？"

秦梅说："没怎么，就是想犒劳犒劳你。"

汪贵又扒了几口饭，但是都含在嘴里，难以下咽。他又一次放下碗筷，一双憋红了的牛眼死盯着秦梅，说："这样我吃不下。"

秦梅思忖了一会儿，说："知道我今天为啥这么对你吗？"

汪贵摇摇头。

"我只是想让你听我的，别再死驴犟筋了。你见过带白点的乌鸦吗？"

王贵说："没见过，好像都是黑的。"

"那就是啊，还是顺其自然吧。"

当年秦梅是因了汪贵的品行才嫁的他。她曾经毫不怀疑地认为这些比金子还珍贵。

而如今，一切都颠覆了。秦梅是咋变的，别说汪贵了，就连秦梅自己也说不清楚。

见汪贵沉默，秦梅便知道这死驴又被打回原形了。她赶忙开导说："你看啊，你们管理处一共就四个人，现在的形势是一对三，你很难有胜算的。"

"你别忘了，我还有法律！"汪贵的头垂在裤裆里，但声音响亮地传出来，仿佛能在地上砸个坑。

秦梅说："行！就算是法与理都在你这边，那顶多也是个两败俱伤，除非你想砸了饭碗回家。"

汪贵的脑袋总算是抬了起来，他没再坚持，并认为秦梅说得在理。把事情摊在桌面上，撕破脸，往后的日子里，眉高眼低的还怎么相处。还有公司那头，这算是大事件了，除了名誉受损外，作为直接责任单位，还要接受行政处罚，少则上万，多则几万，还要如数退还保安的罚款。这些，令汪贵禁不住打了个寒战。

第二天早上，秦梅因上班的路远，走得较早些，临走时仍没忘叮嘱汪贵："记住，别要驴！"

汪贵来到班上，但今早的晨风没吹散他脸上的阴云，他始终不发一言。他不说话，不等于别人也会沉默。王宁眉飞色舞，正炫耀他老婆店里的时装款式有多么多么新颖，说今天又是个周末，为了这开业大吉要隆重地庆祝一下。小吴顺势提议吃完了饭再找家歌厅好好唱一唱。大吴说："算了吧，咱这钱可得省着点儿花，细水长流，短冻难挨。"

大吴刚说罢便遭到反驳，王宁揶揄说："看你那点出息，没钱咱再闹嘛，反正是羊毛出在羊身上。"三人不经意间的对话，却让汪贵胸口绞着疼。他无法接受这段时间自己多吃多占的，其实还有兄弟们的血汗。虽然这些是是非非一时还难以说清，也不归公安管，但是报假案呢？想到这，他立起身，默默地踱向门外。

安静可好

　　但凡是人，情绪波动或偶尔变糟是在所难免的，这段时间，我每天的情绪都会像过山车一样起起伏伏。虽说广场舞扰民的话题早就了无新意，但它是永恒的，轰不走，驱不散，在我的认知里，就像炼狱的火焰一样无人能够扑灭。这种摄人心魄的音乐对我而言，其穿透力又如同丧钟，每天都会在早六点晚八点这两个时段准时敲响。其实周围除聋哑人外，正常的居民都能听见，但听者也分三种，一是主动听的，二是被动听的，三是听而不闻的。主动听是因为喜欢，即便不喜欢起码也图个热闹。我算第二种，习惯性排斥一切多余的声音，包括来自天上的飞机引擎声和地上女人的唠叨声。第三种人占多数，他们本身对外在的声音不敏感，加之又不懂音律，你放得再响也如同对牛弹琴。噪音之于他们，谈不上享受还是伤害，就权当没听见。

　　但我确实受够了，有好几次都憋足了劲，想冲下楼去与大妈们理论，甚至连说辞都想好了，我要晓之以理，动之以情，劝她们回家去，用清晨的大好时光多读点书。人嘛，活到老学到老，等阅读量增加了，你们的内心自然也就平静了，就不会像现在这么浮躁，更不会成群结队地跑出来秀存在感，更不会……

　　但是想好的话一句都没说，我就宣告了失败，因为从大妈们一张张红扑扑的大盘脸上，我看到了难以撼动的东西，那就是开心、执着与势不可挡。也就是说，我不可能让这噪音停下来了，谁都不可能，包括老天。别说下个小雨刮个小风了，连沙尘暴人家好像也没在乎过。每年高考复习的那些天，是整个县城屏声息气的日子，可大妈们不管，非得跟城管较量过才肯罢休。

我也算吃文学饭的，虽说跟个跑龙套的小演员一样顺着套路翻跟头，但我也需要安静。宁静致远，心静致学，是前人悟出的道道，因而才成为经典和哲理。然而，营造这样的氛围在过去还不算太奢侈，最起码晚上行，等夜阑人静，鸟雀归巢，便是我生命的另一半光景。可我如今再也享受不上这种光景了。自从买了这套房子，噩梦便紧跟着降临，不对，是我寻着噩梦而来的，说起来也是活该，因为这房子是我先相中的。其实当时令我着迷的并不是房子，而是楼下的小公园。那园子太美了，中心地带是由城中村一农户的果园改造而成，桃树、杏树、梨树、苹果树，种类繁多，一到春天，各色花儿会依次绽放，加上园艺部门培育的草木花卉，春夏秋三季都能闻见花香。这些外在的陪衬，的确曾将这公园旁边的房子变成了香饽饽，还不曾竣工就已告售罄。那时我囊中羞涩，明知无能为力，但还是对这处绿树掩映的楼盘垂涎了很久，我心里一直在嘀咕，哎呀！简直美气死啦，这不就是我梦中的栖息地吗？我被它秀逸的气质所诱惑，以至于好长时间都沉浸在浓浓的绿意中没能醒来。三年了，往后整整三年，我特别关注街口的信息栏，看是否有人忍痛割爱卖这里的房子。今年春上，我终于瞟见了一条售房信息，还正是我梦寐以求的这栋楼。尽管是个五楼，高了点儿，但我仍很满意，当时竟兴奋得跟淘了宝似的。我知道这栋楼特殊，尤其楼下的花花草草，想着都让人抓狂，好多疯长的杨柳树的梢头已抵近四楼，相对来说，五楼既不是顶层又光线充足，站在阳台上就如同踩在树梢上，我臆测着即将到来的那种飘忽感，臆测着枝头上那些鸟儿，它们会不会对我歌唱？还有那些花香，会不会借助风的翅膀飞进屋来……

但我兴奋的小火苗很快就被女人用一盆凉水给浇灭了。女人不同意买这个地段的房子。她的心早就起飞了，而且飞得很远。尽管换房子是她的心愿，因为这些年那套老房子已快把她熬成残花败柳了，她恨那房子就跟恨我打呼噜一样难忘。一说起我们的第一套住房来，她就是一肚子怨气。那是当初家里买给我俩的婚房。她娘家也没让女儿坐享其成，主动揽下了新房的整个装修，虽说算不上精装，也还勉强能带给人一些新生活的气息。那时候，我们的理想还很卑微，对生活也没有太高的奢求。我受雇于滨河区烟草专卖局，负责编辑一本叫作《滨河烟草》的内部刊物，工资是正式员工的一半还不到，唯一能让人心安的是那份清闲，往那里一坐，改别人的稿子或写自己的稿子。女人的境遇稍好些，是端着铁饭碗的小公务员，只是参加工作没多久，职称和待遇都很低，依那时的经济状况，能有个可以称之为家的小窝也算不错了。可时光是个搅局者，它在流失的过程中会给人带来攀比、向往和嫉妒，再加上小区的位置太偏，紧贴着一条退水沟不说，还美其名曰静心水岸。这名字倒符合我的胃口，女人知道，我对汉字中的静一直情有独钟。然而这静心水岸并没让我的心真正静下来。深沟有十多米宽，日夜流淌着从省城排出来的污水，黑乎乎的，影响了城市的观瞻不说，还直接影响着小区的空气质量。我们买房结婚时正至隆冬时节，大冷天气味稍轻些，毕竟也不开窗户，便轻易忽略了位置上存在的缺陷。夏天的空气巨臭，一连几个月都憋得人喘不过气来。逐渐显露的问题，也加剧着我们内心的自卑，从搬进去的那年起，我们就处心积虑，为能早日搬出去而努力奋斗了。

但一码归一码，同样，现在这房子女人起先也不待见，女人说，你鼓了十几年的劲，结果还没个跳蚤蹦得远呢，这也叫搬家吗？还迎接新生活呢，得了吧，还不如不折腾呢。当然，女人和我一样，也没将广场舞的噪音估算到。大妈们在这儿折腾了好些年了，起先，她们将手提式小录音机往地上一放，虽然音量有限，却也跳得有板有眼。后来鸟枪换炮，变成了手提式小音箱，再后来，音箱越换越大，到现在已换成半人高的坐地炮了。尽管我和女人都不止一次地从那里经过，也不止一次地领教过坐地炮的威力，但却忽略了一点——声音是圈不住的，它不光在广场上转悠，还会在空气中呈伞状往外扩散，即便你坐在屋里，照样躲不过它的摧残，甚至楼层越高受影响越大。也就是说，重要的环节被我们忽视了。女人反对，也只是强调小区的位置在县城里依然偏东，离老房子还不足千米，认为这样的挪窝没意思。可这些理由等同于搔痒痒，显然撼不动我的意志，我有我的看法和喜好，除非女人有先见之明，考虑到广场舞的噪音并把它说出来才能戳我的心窝子。只可惜，女人反对的理由并没有触及到我的痛处，加之当时已鬼迷心窍，便利用语言上的优势，最终还是把女人给说服了，我说，所谓人挪活，树挪死那是过去的老话了，现在应该是人挪死树挪活，这道理很简单，过去是五湖四海皆兄弟，现在呢？是对门相见不相识。你想想，咱在这儿被臭气熏了十几年，好不容易熏出几个贴心的街坊来，这下又都撇下了。好在咱没走远，新房子周围的环境也不错，每天散个步买个菜啥的，街坊们都还能碰个面呢。如果你一头扎到西街，就等于扎进冰凉的世界，我看用不了多久，你也会变成冷血动物的。这太可怕了。

我用了偷换概念的方法，轻易就搅乱了女人的心智。只是当我们欢天喜地地搬进新居，头晚上就被下面的交谊舞音乐吵了个死去活来。

一会儿咚嚓嚓！咚嚓嚓！一会儿咚嚓嚓！咚嚓！咚嚓！我做梦也没有想到，那种强烈的节奏伴着鼓点儿还能穿过树的枝杈，潮水般地涌进来往我心里打楔子。折腾到十点半，音乐停了，我也累了，在这种状况下，我别说构思什么了，就连睡梦中都觉得余音绕梁。不用说，这噪音对我的伤害比老房子的臭气要严重得多。

自那后，我就没再写出正儿八经的东西来。我郁闷得成天唉声叹气，叹命苦，叹点背，叹被臭水沟祸祸了那么多年，现在又要被噪音祸祸。女人尽管也心口堵，但她更担心我，怕我因房子带来的压抑而一蹶不振。我的职业就是爬格子，在写作方面，是个繁茂的杂食者，为了生活，这些年我不光是写小说，而是逮什么写什么，富人的自传、农户的上访材料、夫妻间的离婚协议、男人的保证书等。眼下却什么都写不出来。问题的严重性女人掂量到了，她深知我的颓废将意味着什么，所以她必须决断。女人一挺腰肢说，啊哟！愁啥呢？这世上的东西有卖的自然就有买的，隔夜的包子还等个饿晕的客呢。顶多咱卖了它，这次算是个教训，有了经验，我相信下次一定能为你找一处清静之地的。

我哭丧着脸说，卖了它，说着容易，几十万的房子，你以为卖菜呢？

女人说，人有很多种，想法不一样，你爱清静，别人还喜欢热闹呢。

这回女人赢了，她几乎没费什么劲，我就妥协了。尽管从满腔热情地买房子到狼狈不堪地卖房子太富有戏剧性，但我的身心已经被噪音掏空了，没一丝抵抗力。好在经过女人的各种安慰和鼓动，我总算又顺过一口气来。顺过气来的我就觉得老婆的话有道理，中国人骨子里就喜欢闹腾，不论什么事，只要有事就必有动静，至少也得整几挂鞭放放，让周围人知道今天是个有事的日子。从民意上讲，我只是小众，在那些仗着广场舞音乐养生的人眼里就是另类。或许别人正因为这房子跳舞健身方便在待价而沽呢。

关于房子的去留再也惹不起争议了，对我而言，只能是守株待兔，等中意者上门。老婆也消停了，而我却难以消停，因为广场舞早晚仍不消停。咚嚓嚓！咚嚓嚓！咚嚓！咚嚓！咚嚓！就算是外面停了，那鼓点儿仍在我脑海中跳动着不肯停，我最后的一点精气神都被它糟践没了。

百无聊赖的日子像一锅加了辣椒面的白米粥，无味但不缺刺激。有位作家朋友从省城特意赶过来与我把盏，听我倾诉不幸。说起房子，他说他的情形完全与我相同，也在广场边上，曾经也嗓音不断。我说，那你搬家了？他说没搬，而且一切向好，该吃吃，该睡睡，该写写。

听了他的话，我就像听了一段评书，对于他的好意我心领了，但我不能不怀疑他为了安慰我而不惜编造故事。他冲我狐疑的脸一笑说，不信是吗？但这都是真的，要实在不信，你可以抽空到家里一探究竟。一个内心强大的人，是不受外力左右的，你必须做到闹中取静。

有定力。我觉得他太了不起了，同为笔耕者，他那么了不起，难道我就该如此脆弱吗？我得试试。但是挑战之后，这种尝试除了带给我更多塞心的早晚之外，再无其他。毕竟个体之间存在差异，别人能做到的，我却不一定行。认识到这点之后我更加灰心。

人不怕迈不开步子，就怕找不到方向。慢慢地，我的业余时间里给文学预留的位置在逐步缩小，在无所事事的时候必然心生杂念，我开始玩微信了，一连查看了好些天"漂流瓶"和"附近的人"都觉得没意思，于是又接着郁闷，或者跟自己打架，也为自己误入歧途而感到羞耻。其实这个过程并不长，仅一周之后我就改过自新了，只是无意中却在栏目里留下了足印，将自己也变成了"附近的人"。接下来，就有了平生从未有过的体验，这种体验很奇妙的，就像是被成群的蝴蝶围着，被鲜花拥着，纷扰中也暗合着甜美和欲望。女人们开始打招呼，无来由地一个接一个。不是卖保健品的就是卖减肥药的，还有帮着戒烟的，也包括一些不光彩的服务我没去理睬。我这人谨小慎微惯了，一般不上小当，要上当就上大的。再加上独惯了，心烦时就喜欢被遗忘，哪还有心思在网络空间里惹是生非。可是再好的防火墙也抵不住轮番攻击，最终有一位网名叫关中燕子的女人勾起了我的好奇心。当然，我敏感的是关中而非燕子。因为关中那地方出了个陈忠实，他是我心中的偶像，于是我点开了她的主页，本意是浏览一下即可，可女人微信的个性签名很奇特，又一下子牵住了我的目光——广场舞，你奶奶快疯啦！

这个性签名确实让我心头一热，没想到，附近还有个与我同病相怜的人呢。前段时间我被逼急了，竟趁着夜色将广场上的配电箱砸了。我做了这么大的事，给大妈们造成的影响却相当有限，她们很快就找来了电瓶式音箱，只是音量小了些。第二天清早，我还若无其事地下去溜达，想听众人是如何评判我昨晚的行动。然而，我的壮举不但没赢得掌声，而且还招致了强烈的声讨。那一刻，我感到了一生中从未有过的孤单，因为干那事我是牺牲了人格的，若大家纷纷点赞，或许能给我一些宽慰，但我恰恰是惹了众怒，招来了谴责与谩骂，有人甚至骂我生儿子没屁眼。这个倒不打紧，我儿子快初中毕业了，他很健康，身上的零部件很全。尽管这样，我转身逃离的瞬间，仍感觉后脊背凉飕飕的。

关中燕子的出现正是时候，她使我冰凉的心境立马有了一丝回暖。于是我们互加了对方为好友。加也就加了，我却没像其他男人那样见了女人就迫不及待地往上凑。在道德层面上我还是有一点修为的，除过砸配电箱。再说了，网络上鱼龙混杂，尤其女人，得加倍小心，说不定哪一天在百花丛中就会摘到一朵极具毒性的曼陀罗。第二天早上，广场舞音乐依然在嗨，大妈们找人修好了配电箱，声音比以前又大了好多倍。我知道，这是更疯狂的报复与挑衅，但我没办法，如若此时下去制止或提醒她们音量关小点，就等于间接承认配电箱是我砸的。最低也得落个嫌疑。烦闷时我再度打开了微信。就目前而言，能给我带来安慰的也只有朋友圈了。楼下刚放了一曲《粉红色的回忆》，我讨厌这首曲子比讨厌其他曲子多一些，我不敢想象照这首四二拍快节奏的曲子跳出广场舞该有多么魔怔。这时候，关中燕子也在空间里发牢骚，啊！啊！啊！天天粉红色的回忆！难道你们就只有这几首曲子吗？

我又被这牢骚感动了一回，尽管这牢骚使用的语言过重，但它积攒在我心里也很久了，只是无力施放，我不敢在庞杂的文友圈子里展露内心的粗俗，正好有人替我发声，我能不感动吗？我立刻在下面写了六个字的评论，并流下泪贲的表情。

——我的天！知音哪！

关中燕子回复说，早上好，大哥。

我说，早上好。

关中燕子说，你也讨厌广场舞吗？

我说，嗯，非常讨厌。

关中燕子说，我也是，被那帮叽叽喳喳的孩子们吵了一周了，好不容易才盼个周末，睡睡懒觉还得被这噪音抬起来。活不成了。

叽叽喳喳的孩子。很显然，对方是位教师。我说，向教育工作者致敬。

关中燕子说，您客气了，什么教育工作者啊？是幼儿园的阿姨，说好听一点，也就是幼师。我说，哦。

我问她，你老家是陕西关中的吧？

关中燕子说，你怎么知道？我说猜的。关中燕子说，哦。

我说，是从你网名上猜的，也正是这个别具一格的网名吸引了我。

关中燕子说，是的，我真名叫谢关燕，来自陕西关中地区。哦，对了，你刚才说吸引，就因为网名，还是因为别的？

我说，起先是因为你网名里的关中二字。

关中只是个地名，也没啥特别的。谢关燕说。

我说那里有陈忠实，还有《白鹿原》啊。

谢关燕说，哦，那后来呢？

后来？看来这女人对文学不是一般的没兴趣。一个在陕西关中长大的人，竟然连陈忠实《白鹿原》都不知道，那自然也做不成我的知己了。看来我们唯一能聊下去的话题也就是广场舞了。我说，后来是喜欢你的个性签名，还有，面对广场舞，我们在共同遭受不幸。

好在，这方面我和她聊得投机，彼此还留了电话。这小区共有九栋楼，分三排，南头把边的一二三号楼紧挨公园，谢关燕住1号楼，我住2号楼。三栋大白楼呈一字排开，与花团锦簇的公园相互印证着各自的魅力。

谢关燕上班的金豆豆幼儿园在小区东边，她端个杯子就去了，每天要步行着往返两个来回。好在路不远，顺着楼下公园清幽的小径便能够到达。

与我在网络上相识一周后，谢关燕突然表扬了我，她说我竟然面对她这样的美女还能沉得住气，是高人，至少也是个有定力的男人。或许，我并没将这种患难与共的相识真正放在心上，谢关燕则正好相反，她说，我在这里没什么朋友，就一帮和孩子们一样幼稚的同事，还都是女的。你能做我的朋友吗？我说当然，非常荣幸。她说，我也不喜欢这座县城，尽管它紧依着省城，但我仍能列出一大堆不喜欢它的理由。

我有些惊讶，我认为这座县城唯一的瑕疵就是噪音问题，除过噪音，它整体上还是挺美的。我说，小谢老师你夸张了，不喜欢，要那么多理由吗？

谢关燕发了个羞涩的表情。她说，让我最难以承受的，倒不是广场舞，而是空气中缺乏湿度，坏了我的皮肤。至于广场舞扰民嘛，那是上帝的安排，只要你活在当下，就得学会承受。看来，咱俩都没有学会。

上帝的安排？我发了个狐疑的表情。

谢关燕说，难道不是吗？举国上下的大妈都一起疯了，如果不是上帝，谁会有这么大的魔力？况且这种病谁也治不了。

我说，你的话太绝对了，只要有关部门肯作为，噪音问题还是有希望解决的。

作为？哈哈。谢关燕说，怎么作为？别说城管了，你就是出动武警也拿大妈没办法。她们人多势众，首先年纪就是摧毁一切的武器，再说了，你即便治愈了她们的病，那又怎样？能治愈自己吗？别忘了，有一天我可能也会接她们的班。

这倒是。说到底还是文化，它的根扎得够深，上面长什么都是由根来决定的。中国人喜欢动静也是由根来决定的。所以说，这个话题越讨论越无聊，就像讨论我有朝一日会得鲁迅文学奖一样无聊。我发了个无聊的表情。

谢关燕说，那就聊点别的吧。我说，嗯。

我们聊了各自的家庭，各自的家乡，以及家乡的山川、河流、饮食、GDP 等。她告诉我，她丈夫爱这里比爱陕西关中多一些，因为他生意上的客户都在这里，他心系着客户。她是夫唱妇随才来到这里，但一点也不开心，她想离婚。

我又被惊呆了。我最怕女人告诉我她想离婚。你离婚跟我有什么关系？为什么要让我知道？如果我知道了，不貌似与我有关了吗？再说离了婚的女人就等于挣脱了法律的束缚，想跟谁好就跟谁好，而我却永久性失去了这种权力。

时间在广场舞的鼓乐中又流失了一周，我们没再聊过。因为除了对广场舞深恶痛绝，我们没再找到令双方都顺心的话题。接下来，谢关燕给我留言，说她每天上下班从我楼下经过时，总会不由地停下来，数那些阳台窗户，并猜测哪一个才是我的家，想象着我伏案写作的样子，她别提多幸福了。

这段留言像一剂药，一剂能让人陷入迷惘之中不能自拔的药，但它却对我不灵，因为我没见过她的真容，所以还陷得不深。也幸亏她不知道我住在几单元几层几室，否则后果不堪设想。于是我删了她，连电话也拉进了黑名单。时光仍然被鼓点儿敲得七零八碎。有天中午，我依着老习惯，立于阳台前端详下面那些树，想观察它们的枝条是如何在风的摇曳下将阳光切碎的，或许树的舞蹈，鸟的轻唱，就是上苍给予我的一丝补偿，又或许能仰仗这份自然、纯净的点心，我的生活还能咀嚼出些许的滋味来，但我却看到树下的小径上立着一位容貌身材都堪称绝色的女子，她昂着扎了马尾辫的脑袋，目光正盯着我的窗户发呆，像是要努力看穿什么。我先是打了个激灵，继而又往后撤了一步，就在这个当口，我突然觉得，不再恨广场舞了。

心归来

那只脚一伸进车门，虎平就感到受伤了。因为约好的去户外活动，爬山或者野餐，但安妮用穿着红色高跟皮鞋的脚告诉他，今天，她并不想按事先约好的行动。果然，闪进车的当口，安妮便明知故问，她说："咱去哪儿？"

虎平说："昨晚在网上咱不是都说好了吗？"

安妮说"就是啊，你不是'虎落平阳'吗，咱去哪儿？"

虎平心口有些堵，心口一堵，便局促地说不出话来，两眼直愣愣看着对方。他的无语，不只是安妮将昨晚的约定抛之脑后，还因为眼前的安妮与 QQ 空间里的安妮不论身材、性格还是行为举止都已经判若两人。看来，影像画面确实能给人加分，这一点，过去他不信，但现在他信了。好在，那张顶在细脖子上的娃娃脸还是真实的，耐看的。再往下，虎平游荡的眼神略有停顿，像车轮被硬物咯了一下，从安妮敞开的大衣缝隙中，他又收获了一丝失望，一重打击。

虎平阴郁的脸膛像张黑白屏，并及时播放了内心的感受，他想掩饰，但没来得及，还是被对方读了出来。安妮脸一红，随即将大衣襟子合上，勉强笑了笑，说："咱去哪里？"

虎平没有应声，只翻了翻眼睛，也敷衍着咧下嘴，但安妮却将他的表情变化理解错了，以为是随便，去哪里都行。

像得到某种批复或承诺，她立马喜上眉梢，大眼睛挑了挑，说："咱去逛街好不好？"

虎平心头一紧，即刻像被人在软肋上扎了一刀。首先，作为男人，他平生最不愿听"逛街"二字，更别说真的去大街上信马由缰。再者，逛街就意味着消费，尽管老公老婆地叫着，彼此在虚拟的世界里玩得很嗨，但那终归是网上，眼下，有一点他倒是很清楚，从见面的一刻算起，他们之间心理上的距离并没有被拉近，他想再叫安妮一声老婆，但感觉比叫妈还难启齿。

一跟头从虚拟的世界跌回来，虎平被摔着了，仿佛从梦中惊醒了，幸亏梦还没做到深处，不过他已经衡量出他们的关系，在目前而言，依然是万里长征只迈出了第一步。所谓男女之事，若简单起来，那就是几顿饭甚至几条短信的事情。若复杂起来，抑或会神仙磨成妖怪，至少，也让你磨破嘴、跑断腿，为伊消得人憔悴。很显然，他与她之间的网上沟通，看似已水到渠成，但放在现实的天平上，无疑会短斤少两，衍生出不少变数。或许一顺百顺成其好事，又或许一拍两散各回各家，总之，女人心，海底针，在剥茧抽丝般地了解对方前，他不想过早地扮演什么角色，或成为女人的提款机。

虎平说："亲爱的，你看，是这样的，这个城市吧，它说大就大，说小也就小。找人时大海捞针，隐匿时无处遁形，说不定，等下咱一露头，就会有熟人或亲戚争着抢着上来打招呼，我一个男人倒没什么，你是女人，跟个男网友在街上招摇，这年月，人类可都是充满想象力的，我怕因此而毁了你的清誉。"

安妮咬着嘴唇，脸上布满忧怨。她知道，这男人在敷衍她，尽管是这样，但人家做得天衣无缝又恰到好处，拒绝你，还让你说不出什么。

安妮的眼睛直了，像条垂死的鱼，紧盯着虎平不放。她发现，就在这个瞬间，周遭的变化已超乎想象，包括虎平的脸以及身形轮廓，都那么的闪烁其词。她是女人，尽管她有时也会像男人那样，注重表象而不挖掘内心。但是很显然，这个她于网络上千呼万唤的老公，此刻连外表也变得陌生了。

怎会是这个样子？说实话，出门时她还是兴冲冲地，她想，他们会像来前所预见的，上演轰轰烈烈的情感大戏，拥抱、热吻与爱抚，就像影视剧里的情节一样，双方极其投入，都能放得开，但这一切怎就没有发生呢？

既然预想的前奏没曾上演，那么，接着的戏就无法按常规进行，也就是说，逛街的建议她提得有些唐突了。听身边的工友说，她们与网友约会，过程大多都像小溪，自然顺畅，波澜不惊。只要在网上攒足劲，上紧发条，剩下的，也就像时针的转动一样顺理成章。包括见面时的惊喜若狂，逛商场，买自己中意的东西，吃自己喜欢的饮食，目的就一个——让对方掏钱。这个环节很重要，如果男网友真像聊天时所表露的那样爱你、在乎你，那么一般来讲，他是舍得花钱的。当然，对方抛弃吝啬，投入多了，自己的回报也会跟着增多，否则会过意不去，除非你就是骗子。

然而她的内心很快就找到了平衡，并暗自思忖，假如对方爽快，按她的意愿行事一路慷慨，接下来的事项，一定是共度晚餐，然后在醉意朦胧中发生关系。这似乎是一种定律或路线图，像上帝写好的剧本，我们只管表演。不论阴谋还是阳谋，都是约会双方在心底默认的程序。若非默认或没有起码的心理铺陈，就不会以身犯险大胆赴约。一旦你进入角色，走远了，就等于米已下锅，继而煮成熟饭也只是时间问题。也就是说，"虎落平阳"的谨慎，同时也给了她更多的回旋余地。其实这样也好，她不是随随便便的女人，也不贪蝇头小利。作为女人，她被抛弃过，撕裂的心曾一度碎成八瓣，痛过之后，日子就会过得认真，生活时刻会为她着想并提醒她学会自保，远离伤害。于是，在如影随形的警示中，她独身五年，也没敢再越雷池半步。

荣川城的西边是山，东边也是山，夹缝中的城市连同它的古老与繁华，仿佛都被禁锢在一条狭长的盒子里。但荣川人的户外活动，通常会选在西山进行。当然，虎平准备带安妮往西行是有着另一分考量的。爬山是个体力活，尤其与女伴同行，在那种条件下自然会轻易"帮助"到对方。再往糟了想，如果她不幸崴了脚，那你更大的机会便随之降临，尽管受些累，但在增进感情的同时顺便也把雷锋学了，更不用担心留下乘人之危的坏印象。最最关键的，是山上只有山，没餐馆没超市没影院，玩到抽筋也不花什么钱。至于下山后怎么安排，就得视情感的推进状况来定。这步骤不能不说是一招巧棋，一盘妙棋，低投入高产出，对男人而言只赚不赔。只可惜，安妮没融入他的棋局，没掉进他预设的套路中。

虎平的车与他的沮丧一起冲出了荣川城，向相反的方向狂飙。在安妮拒绝登山的那一刻，虎平就想到了另一个地方。虽说那边也有消费，但仅限于吃喝玩乐的范畴，只要远离购物，经济上就不会遭劫。虎平想，男女初交，就等同博弈，须运用智慧，在由浅入深的博弈中，才可顺利地将对方俘获。

车轮滚滚，窗外的风，呼呼的，一阵紧似一阵，安妮也渐渐紧张起来。

她说："咱这是要去哪儿？"

她说："怎么驶出市区了，绑架呀？"

她说："请你开口讲话好不好！"

虎平仰着头，目视前方。他没有回看女人，一眼也没有，女人带着哭腔的问话，他权当是从汽车音响系统发出来的。他不是因专注开车才顾不上她，而是他不敢直视那张令人揪心的萌娃脸，怕看到一脸充满稚气的真诚。这一刻，他好像丧失了接受真诚的勇气，面对真诚，他料定会输得很惨。逃避，往往才是怯懦者的上策。

当然，他更不想从先前的欲望中溃退，他的思路仍保持着原有的清晰，他知道自己今天要的是什么。尽管在真诚与道德的标杆下他显得怯懦与渺小，更算不得君子，但他的内心却因为一个目标而鼓足了勇气。他要用最小的成本与代价拿下这个女人，以彰显他不见兔子不撒鹰的农夫思维。

车身一阵上仰，爬上了滨河大道。

俩人下了车，女人轻抚道旁细嫩的红柳，举目东眺，才知道东边的山脚下，还横卧着雄浑的黄河，她想，原来是不可逾越的黄河阻断了这家伙的疯狂，不然，他大概仍会一路向东。

虎平也抬眼东望，他的目光，此刻要捕捉什么，或许只有他心里清楚。果然他重重地叹了口气，然后说：“拆得真干净！”

无论后来的这句话，还是先前的叹息，安妮都不理解，都视作莫名其妙，她的情绪已完全融入到河湾的景致中，没留一丝余额。

路两侧风光确实很美，有凉亭，有湖泊，也有树木，是荣川市近年来的重点工程，也是打造黄河文化，开辟沿黄经济带的重要环节。这些，安妮不懂，但是满眼的好景色，却像一剂药，顿时令她身心舒畅。她全然没顾及虎平在想什么，只沉溺于山、水、绿荫之中。在正午的骄阳下，她看到河水的颜色比泥土的颜色还深、还好看。岸柳，已葱绿得令她想哭。

但她却默默地笑了。她是上初中时被父母带到荣川的，在荣川，她完成了从少女、女人再到母亲的蜕变过程，生活，虽让她经历了很多，但她从未真正在荣川的地界上浏览过黄河。于是她笑自己。那时候，她心里也装了些目标，或者说人生的路线图。依照规划，她要好好学习，赢得高考，再嫁个好老公。但是理想远大了，道路却总会曲折。她发现，自己设定的路线好像更适合别人走，而她却一段也没有走通。按当下时髦的话说，学不好自然就嫁不好。更何况作为女人，她选择男人的标准本来就存在偏差，也显得极不恰当。她一直在以貌取人，这是很致命的。说好听了，是注重外表，说难听点就是好色，女人好色，其后果往往比男人好色更惨。她的前老公很帅，是她在财经专科学校就读时千挑万选、哭天抹泪才争取到的，这个看似阳光的男人曾一度成为她的骄傲，也是她向父母奉上的礼物，在她心里弥足珍贵。只可惜，命运跟她开了个玩笑，那个银样镴枪头的男人后来弱爆了，其内心毫无担当，在婚后第三个年头便不堪生活的重负，抛妻弃子，跟一个富婆跑了。迄今为止，她与成长中的孩子一起维系着残缺不全的家。最终，她像是想开了，明白了，男人嘛，说到底不是用来看的，而是递上肩膀让你靠的。如果自己日后还要再往前走一步，一定会全面颠覆之前的择偶标准，继而走向现实。

遇上虎平，她心里再度充满矛盾，虎平像一粒病菌，即刻就将她感染，她的老毛病又犯了。她开始心存侥幸，又认为相貌和担当也可以兼得。男人高大英俊不是错，没心没肺才可怕，不是说相有心生吗，没有朴实良善的内心世界，哪来一脸正气的好相貌。况且，与前夫比，她更加看好虎平。她认为这就是区别，也是她在择偶上的进步。至少，两个男人的类型大相径庭。前夫脸白，身形细小，是令人怜惜的小男人。而"虎落平阳"的脸固然有些黑，但他五官端正、相貌堂堂，让人看着放心。

女人为自己的以貌取人又找出了新理由新说辞，但她对虎平的观察与审定一刻也不敢放松。包括他的谈吐、语言习惯、行为举止等。她觉得，这个"虎落平阳"虽闯过她网络考核的第一关，顺利进入实际交往的第二关还算不得什么。作为婚姻生活的失败者，她有大把的经验可以借鉴。女人的本领不是别的，而是对自身的坚守，这方面理性很重要，丢失理性，就等于你坚守阵地的士兵已经阵亡，别人会轻松地接管你的全部。这太可怕了，她可不想再去作茧自缚，没有婚姻的承诺，她势必坚强到底，绝不将自己随便交出去。她知道，所有的男人都是同一种动物，他们的通病，就是得到了便不再珍惜，吃多了就不再感到可口。最好的方法，莫过于将他们当作狼并保持安全距离，让自己这块鲜肉在他们眼前晃来晃去，让他们流哈喇子，这样才能充分调动狼性，收获到挑逗带来的快感。至于何时将自己奉献，那得看狼的表现，看他能死心塌地地跟你多远。

　　虎平打算弃车步行，带安妮游历河湾。这一带他熟，说白了，他就是听船工号子、吃黄河鲤鱼长大的。只因前几年修滨河大道，建设不远处那家叫作"金沙滩"的休闲胜地，以及向"金沙滩"南北拓展的别墅群，他的家，他的乡亲，他深爱并且爱他养他的土地，最终都没了。在失去家园的同时他得到了钱，这笔卖了自己的钱原本可以在荣川买两套房子，但就在这时候他内院起火，婚姻亮起了红灯。或许，女人比他更留恋曾经的田园生活，对浮躁的城市难以适应，恐怕最不适应的，还是朝九晚五的上下班。她懒散惯了，劳作，从不受时间约束。于是，他们在留乡下还是进城的问题上不停地争执，女人说："到荣川，咱倾其所有买两套房难道要吃房子顶饱吗？"

　　虎平说："有了两套房还愁什么？以房养老你没听过啊？再说，有两套房咱住一套租出去一套，就算它不够养家，咱俩还可以出去打打零工什么的……"

"住口!"女人唰地站起身,指着虎平的鼻子说:"再提打零工我跟你急!"

突如其来的变故,确实令女人锥心,但不足以让她对城市对荣川深恶痛绝,更不足以让一对夫妻就此分崩离析。荣川,作为她心中永久的伤痛,更深层的原因,还是她父亲的死。父亲离世的惨痛记忆,才是压倒骆驼的最后一根稻草。

她上小学的时候,父亲农闲时也习惯在荣川打零工,因那晚加了班,在骑车回驻地的途中遭遇了车祸。肇事者逃逸,午夜的大街上,零星的行人行色匆匆,好像前方有成堆的钱币在被人肆意哄抢,去迟了不赶趟,又像是抢到了钱正仓皇离开,顾不上救助他人。这事她至今都想不通,也不敢想,最终像一粒丑陋的种子,被深埋在心坎里并扎了根。自那之后,她这个生长于荣川近郊的女人,再不曾踏入荣川一步,更别说在那里居住与生活。

拆迁后,征地补偿款为虎平家增添的新内容,就是翻着花样的吵架。

女人说:"请你放过我吧!"

女人说:"城里我死都不去,去了我会做噩梦,我会疯的!"

每当这个时候,虎平都会往地上一蹲,双手抱头一言不发。他相信,再解释,再疏导,在这个女人身上,都难以起作用。

女人说:"就算老家没了地,连庄子也没了,但我是女人,只要在乡下,嫁哪都有地种,不用你操心。你不同意也没用,除非你跟我一块留下。"

女人说:"咱不是有钱了吗?把钱分成三份,你我孩子各得一份,孩子那份你先管着,等将后成家时你交给他。这很简单,也省得上法院。"

女人在喋喋不休，虎平的心却一直揪着疼。后来，他终于忍不住一骨碌翻起身，打开门，吼道："死娘们，滚吧！现在就滚，想分钱，你做梦去吧？"

她走了，什么也没带，也没有正式离婚。想必此刻她正在某个世外桃源里享受清静吧。但他仍然想她。为了不再想她，他想了很多办法，借酒浇愁，结伴旅游都试过，都不行，直到他接触网络，便发现网络这东西还真是不错，能让心慢慢打开，装些新东西进来。就这点，城里确实比乡下强。在网络空间里，他是"虎落平阳"。这网名取得好，他从广阔天地来到闭塞的城市，每天一睁眼，便看到乱哄哄的人流和蜗牛一样的交通，举手投足都感觉不自在，这不是虎落平阳是什么？况且，没网络，他就不能像现在这么新潮，就不能判定原来老婆真的落伍了，配不上他了。他决定再找一个。空间里有的是美女，找好了，也就有底气跟老婆摊牌。他还是抱定那句话："不见兔子不撒鹰。"

其实，有一个方法最实际也最实惠，那就是放下男人的身段去找她，农村怎么了，有了钱照样购房置地，生活美满。可惜，虎平没这么做，一来他觉得掉价，二来他遇上了安妮。

安妮的两眼闪闪发光，笑容洒了一地。这些年，她为了孩子，将自己的情感嗜好全部丢掉，变成了一台连轴转的上班机器。她早已记不清有多久不曾到户外转转，呼吸下新鲜空气了。今天是周末，为这次约会，她老早将孩子托付给朋友，现在看来，她做对了，不管约会的结果如何，她决定都得谢谢这个"虎落平阳"。即便一无所获，但她还取得了经验，观赏了美景。她值了。作为她追求幸福的试验场，这男人比网上相亲都来得实惠，也靠谱的多。

她想向虎平表露些什么，但虎平却抢先说出了别的内容。

虎平说："这里，曾有过我的家。"

安妮掉转身，看定虎平，表情变来变去，却都带着喜色。这阵子，不论虎平说什么，她都觉着好听，渐渐地，她那张小脸就像这河里的水，黄中泛红，比先前愈发的好看。

安妮说："这儿，不光有你的家，还有你老婆吧？"

虎平说："是的，可惜现在啥都没了。"

安妮说："可惜？噢，对了，离开这么美的地方，确实很可惜。"

虎平没搭言，安妮紧追两步，再度紧盯着他的脸，好像这回能从他脸上，找到他时而缄默的原因。

安妮说："难道还有比失去家园更令人惋惜的吗？"

虎平仍没搭言，只是独自前行。他的步态很重，好像每一步都在拷问脚下的土地，拷问这世界，拷问人。

安妮说："哦，我真笨，你是说你老婆吧？也对，一日夫妻百日恩嘛，当然可惜了，嘻嘻。"

安妮说："哎！等等我。"

安妮没完没了的追问，确实让虎平心生厌烦。他大步流星，说话间，已来到"金沙滩"休闲山庄的大门外。大门紧对着一片柳林，枝繁叶茂的时节，柳林已树影婆娑，显出了几分幽深，几分凄凉。面对柳林，安妮注目了许久，仿佛要从树的枝杈间，看穿一个男人的心事。

虎平一指山庄说："请吧！安妮，想吃什么？烤鸭、烤鱼、特色小炒应有尽有，喜欢什么，尽管点。"

安妮原本想吃烤鸭，但这里的规矩是鸭子要自己亲手宰杀，太麻烦，太血腥，她只好选择放弃。他们要了烤鱼加几样小菜。不过，鱼仍然得自己去钓，好在，池中鱼，容易上钩，钓与抓实际上差不多，只是流于形式。

安妮这些年在家里圈着，快疯了。今天，她就像鸟儿出笼，享受着飞翔带来的兴奋与快乐。她，有一丝忘我。

鱼塘旁搭着凉棚，很复古，也很漂亮。坐在舒适的条椅上，便可将渔竿伸向池中。但虎平心急，钓鱼从没有耐性。他不想学姜太公，躺那儿让时光流逝。他习惯蹲在鱼塘边，觉得那样才更敬业，才对得起被钓的鱼。就在这时，谈笑风生的安妮却发现，虎平的眼窝湿了，似乎蓄着泪。这一惊非同小可，她忙问："亲爱的，你怎么了？"

虎平放下渔竿，以最快的速度拭过泪，强颜笑了笑，说："哦，对不起，没什么。"然后，继续钓他的鱼。

这回轮到安妮纠结了，她知道，一个男人，眼里蓄满泪水，那他的内心得装着多大的事儿，或者，有多大的事情才能够触动他的情绪。

安妮的观察是入微的。因为这片鱼塘的上面，是虎平曾经的家，他的四合院，包括牛棚羊圈原本就坐落在这里。这一点，他进来时就已经知道，他的方位感很强。起先他强作镇静，并一直安慰自己，没什么的，毕竟这也算双赢，自己在失去的同时也得到了。但在钓鱼的过程中，他好似出现了幻觉，清澈的水面仿佛一下子变成了魔镜，镜子里的画面怎么都压不住，一直在往上翻。慢慢地，那一溜倒映在池水中的凉棚像极了他家的老屋，他眨了眨眼睛，又看到他的身边甚至有妻子的陪伴。他立马就疯了，啪啪啪甩开渔竿，慌乱地砸向水面，他的家包括他的女人，都在他突如其来的发泄中，摇晃着碎裂，变成了一柱柱水花。

由于触景生情，没想到，他失态了。

吃完饭，安妮的兴致没有丝毫的减退。一迈出山庄大门，便再次盯上了那片林子。虎平拉她一把，说："这里，咱就不进去了。"

安妮不解，她说："为什么不进去？里面不安全吗？"

虎平说："对！是不安全，里面有蛇，还有……金钱豹！"

一阵前仰后合，安妮感觉自己都快笑晕了。虎平一看，就知道恐吓失败了。或许他只说有蛇，就足以吓退安妮，可偏偏画蛇添足，说什么金钱豹。果然，安妮边往林子里走边说："你这人可真逗，还金钱豹，你咋不说有恐龙呢？你以为这里是非洲、是侏罗纪呀？"

虎平的脸有些烧，他羞涩地低着头，无精打采地跟在安妮后面，沉默着向柳林深处行进。这片林子，在他的心底，其实比山庄更熟悉，熟悉得都不忍心打扰它。他知道，一旦置身其中，就会被一些东西包围。当一缕缕阳光从叶的缝隙间筛下来时，就像他记忆的碎片，一块一块地从过往的时空里聚回，让他的身心再也无力背负。

小时候，每逢连雨天，他就跟伙伴们来这里找蘑菇。后来，他谈恋爱，恨不得每天都钻一回林子。在密林深处的某一棵树下，他曾将一位女孩变成了女人，并以一纸婚姻回报了她。只是渐渐地，这些美丽的陈事，好似被冰封在大脑深处的某个角落里，至此没再见天日。

刚到河湾那会，那些被深埋的东西就试图跳出来，但被他生硬地压下并贴了一道符。本来，这道符能封死一切的，只可惜，又被安妮给揭开了。此刻，仿佛时光倒流，又回到无忧无虑的童年，又回到甜蜜的情爱瞬间。那种快乐的嬉闹声，激动的喘息声以及呻吟声，始终都在这树影间弥散，他想，从这一刻起，他永远也别想有规律的心跳了。

早年，这里很多碗口粗的树上，都被刻了字，或某某到此一游，或某某人我爱你，以及一些骂人的脏话也在这静穆的世界里变成了永恒。他也曾在一棵树上信手刻下"梨花，黄河做证，我爱你一生一世"的铿锵誓言。这十三个汉字，眼下虽不曾现身，但他心里清楚，此刻，它们就在身边，并且像十三只眼睛，一直紧盯着他。

在虎平心绪烦乱的同时，安妮的好奇心却得到了满足。兴奋，使

200

她瘦弱的身体总想从衣服里往出跳。她癫狂着，口中不住地赞叹、高呼："哇！哇！老天！麦嘎哒！周边竟会有这么美妙的地方，太绝、太不可思议啦！亲爱的，你以后要经常带我来。"

虎平只轻轻"嗯"了一声，便算做回答了。安妮靠过来，笑得很真切，很纯净，没一丝修饰的痕迹。安妮说："该重新认识一下了，我姓王，名安安，你以后别叫我安妮了，就叫我安安吧。"

虎平说："嗯。"

安妮说："你能不能别说'嗯'呀？"

虎平说："嗯。"

说后面一个"嗯"字的时候，虎平已轻轻迈动了步子。他不想再惊动这里的一切，也不想带一份痛苦去耕植另一份痛苦。